STAP

AKAMATSU (et) SEVEN
1

AFFRONTE-MOI EN DUEL !
ENCORE TOI ? ATTENDS DIX SECONDES...
MIOM
MIOM
FRSH
STAP
C'EST MALIN DE ME FAIRE FAIRE DE L'EXERCICE JUSTE APRÈS AVOIR MANGÉ... ALLEZ, AP-PROCHE !
N'ESPÈRE PAS POUVOIR ME PRENDRE DE HAUT ENCORE LONGTEMPS !
AUJOURD'HUI, JE TE BATTRAI !
.W.

JE TE BA...
PAF
JE TE BATTRAI !
PAF
SBAAAM
JE TE...
Regarde, c'est encore lui qui a gagné...
EN TROIS COUPS...
UUH... ARGH...

VOUS AVEZ ENCORE PARIÉ SUR NOTRE COMBAT, HEIN ?
FILEZ-MOI MA PART !
OH !
VSH
VSH
T'ES DRÔLEMENT MOTIVÉ, AUJOURD'HUI !
ÉCRASE-TOI SI TU NE VEUX PAS Y LAISSER LA PEAU !
PFFF
Je m'appelle Akamatsu, 17 ans, et je n'ai pas envie de donner mon prénom !
Je suis en pleine crise d'ado-les-cence !
YAHAAAAA !
PRENDS ÇAAA !
OOOH !
OOOH !
Tous les jours, je suis à fond les melons sans aucune raison !

Eh ouais ! Je suis un mec dangereux, moi !
YAAH !
YAHAA !
Il faut bien que j'évacue mon trop-plein d'énergie quelque part ! Alors j'ai décidé que ce serait sur ce type, que j'ai croisé par hasard dans un parc, en train de manger un pain au curry !
TIENS !
SBAF
C'est tellement ennuyeux de vivre normalement ! Si on veut que notre âme trouve sa place, moi je dis qu'il n'y a rien de mieux que la baston !
OH !

NYÉ HÉHÉ !
C'EST LA PREMIÈRE FOIS QUE TU TOUCHES MON ÉPAULE, AKAMATSU !
AH ! GÉNIAL !
PAF
IL N'Y A PAS DE QUOI FAIRE LE MALIN !
QUOI QU'IL ARRIVE...
... NE BAISSE JAMAIS TA GARDE FACE À TON ADVERSAIRE !
C'EST TOUT POUR AUJOURD'HUI...
ALLEZ, SALUT !

MERDE...
ÇA ME FOUT LES NERFS DE NE PAS RÉUSSIR À LE BATTRE, MAIS AU MOINS, J'AI PU UN PEU LUI RENDRE SES COUPS !
Ça fait maintenant une dizaine de jours que j'ai croisé la route du mec au pain au curry, en tournant en rond dans le parc.
HEIN ?
ROLL
ROLL
ROLL
Ça tourne ! Ça touuurne !
VOUS ALLEZ ME FILER LA GERBE, À ME FAIRE TOURNER COMME ÇA PENDANT QUE JE MANGE MON PAIN ! VOUS POURRIEZ ARRÊTER DEUX MINUTES ?
UN ADULTE N'A RIEN À FAIRE SUR DES JEUX D'ENFANTS, ON VA TE FAIRE DESCENDRE DE LÀ !!
ENFIN, T'AS L'AIR D'UN ADULTE, MAIS T'ES RIEN QU'UN GAMIN À L'INTÉRIEUR...
GRR
MÊME TON NOM FAIT GAMIN !

HÉ !
NON MAIS REGARDEZ-MOI CE LOSER QUI TRAÎNE SUR SON JEU AVEC DES GOSSES !
C'EST QUI ?
CONNAIS PAS...
Je m'en suis pris à lui sans raison valable...
... et il m'a vite rendu la monnaie de ma pièce.
QUEL GROS NUL !
Mais j'ai bien dû avouer que le sang, qui coulait de mon nez comme une rivière, et mes joues bouffies et bleues m'ont fait un bien fou...

Et puis il m'a paru drôlement balèze, ce mec au pain au curry !
Il était parfait pour moi et mon trop-plein d'énergie manifeste !
VOUS ACHETEZ VOTRE BOUFFE OÙ, VOUS ?
AU SEVEN ELEVEN !
L'OYAKODON DU SEVEN ELEVEN EST TROP BON !
Je n'ai pas la moindre idée de qui ça peut être et je m'en balance...
Je ne pense qu'à moi !
SNIRF
ズルッ
Eh ouais, je suis une raclure !
おまめ納豆
極小粒

C'EST TOI..?
ÇA T'ARRIVE DE MANGER AUTRE CHOSE QUE DU PAIN ?
DE TEMPS EN TEMPS...
JE VIENS DE GAGNER 1000 YENS GRÂCE À UN TICKET À GRATTER...
... ALORS JE ME PERMETS UN PEU DE LUXE...
DU NATTÔ EN PROMO, C'EST ÇA QU'IL APPELLE DU LUXE ?
HÉ !
JE REVIENDRAI DEMAIN !
FAIS-TOI PLAISIR...

FUJI
ermarket
Merci beaucoup !
Il vit peut-être dans le quartier ?
Je ne m'attendais pas à le croiser, j'ai carrément oublié de me la jouer gros balèze...
TAC TAC
FRSH
Maman s'inquiète parce que tu ne réponds pas à ses messages. Envoie-lui un petit mot pour la rassurer !
Ton frère

ガチャッ
CLAC
TAC
TAC
BIIIP
BIIIP
CRAC
WAHAHAHA !
Pine, Poin, Pipipipine !
Ouaaah !
JE PIGE PAS CETTE VANNE...

DIIING DOOONG
AISUKE !
JE T'AI DÉJÀ DIT DE NE PAS M'APPELER PAR MON PRÉNOM !
BEN POURQUOI ? C'EST UN SI JOLI PRÉNOM, AVEC LE KANJI DE L'AMOUR ET TOUT !
L'AMOUR EST TOUT POUR LES HOMMES, TU SAIS ! C'EST CE QUI SAUVERA NOTRE PLANÈTE !
Si tu te fâches, c'est que tu es en manque d'amour !
SI L'AMOUR POUVAIT SAUVER LA PLANÈTE, IL N'Y AURAIT PAS D'ÉRUPTIONS VOLCANIQUES NI DE TREMBLEMENTS DE TERRE !
Ouais, ouais...
TOUT ÇA POUR DIRE QUE JE SUIS TROP FAUCHÉ POUR ENTRETENIR L'AMOUR DE MA PETITE AMIE !
TU ME PRÊTES TA CHAMBRE ?
OK, ÇA FERA 1000 YENS DE L'HEURE !

T'ES SÉRIEUX ? C'EST PLUS CHER QUE LE KARAOKÉ !
BEN T'AS QU'À Y ALLER, ALORS. T'AURAS LE PLAISIR DE PRENDRE TA COPINE SOUS LE REGARD LUBRIQUE D'UN TAS D'HOMMES D'AFFAIRES !
DE TOUTE FAÇON, LES MURS SONT EN CARTON DANS MON APPART !
HORS DE QUESTION D'Y RAME-NER UNE NANA QUI GUEULE !
Les voisins vont penser que c'est moi et tout balancer à ma mère !
MAIS LE PIRE DE TOUT, C'EST L'IDÉE DE DEVOIR DORMIR SUR MON FUTON ALORS QUE T'AS TRANSPIRÉ COMME UN BŒUF DES-SUS QUELQUES HEURES PLUS TÔT !
TU SAIS CE QUE ÇA FAIT DE DORMIR DANS DES DRAPS QUI PUENT LA SUEUR DE QUELQU'UN D'AUTRE ?!
Surtout la tienne !
ON VOULAIT JUSTE PARTAGER NOTRE AMOUR AVEC TOI...
EH BEN VOUS POUVEZ VOUS LE FOUTRE OÙ JE PENSE, VOTRE AMOUR !
ALLEZ, NE DIS PAS ÇA ! S'TE PLAÎÎÎT !
.....
JE TE RENDRAI LA PAREILLE QUAND T'EN AURAS BESOIN !
ET JE VEUX BIEN TE PAYER 500 YENS DE L'HEURE !!

Bon, tant pis ! Pendant qu'il fait des acrobaties avec sa meuf dans ma chambre...
... moi, je vais aller passer mes nerfs sur le mec du parc, en prévision du carnage que je vais trouver en rentrant chez moi !
FRSH
FRSH
IL EST DANS LES CHIOTTES DU PARC...
Pourquoi il fait sa lessive ?!
FRSH
HMM ?
VSH
FRSH
Il frotte les barres de fer...
FRSH
TADAM
... pour faire sécher ses fringues ???

Mec au pain au curry...
Pourquoi tu fais sécher ta lessive sur les barres de fer du parc ?
IL Y A MÊME SES CALEÇONS !
D'ailleurs, elles ont l'air contentes rien qu'à le regarder !
On dirait une femme au foyer...
Ça craint de mettre à sécher ses calbutes dans un parc, mec au pain au curry !
Même moi je le ferais pas !
Ça fait trop pervers !
OOH !
VOUS ÊTES LÀ !
Les gamins qui traînent toujours dans le coin...
PIPIPINE !
PINE, POIN...
Ils font la vanne que je pige pas ?!

Alors comme ça, mec au pain au curry, non seulement t'es balèze, mais en plus, t'es un pervers ?
Au final, il a l'air trop raffiné pour être un pervers...
Il n'arrive pas, je vais aller faire un tour.
Surveillez ma lessive !
LOWSAN
RED HOT CHILI PEPPERS in JAPAN

Ça alors ! Tu fais du bénévolat, ou quoi ?!
LE GÉRANT DE CE MAGASIN EST UN PEU STRICT...
C'EST TOUT CE QUE JE PEUX VOUS OFFRIR AUJOURD'HUI...
Le voilà qui revient !
JE SUIS DE RETOUR !
SALUT !
IL EST VENU ?
TOUJOURS PAS...
AH BON...
JE VAIS FAIRE UNE PETITE SIESTE, ALORS !
RÉVEILLEZ-MOI S'IL SE POINTE !
Hein ?!
Depuis quand il y a des tuyaux géants dans ce parc ?!
Je n'avais jamais remarqué...

Tuyaux...
Dodo...
Supérette...
Bouffe...
Barres de fer...
Lessive...
Je crois que je vais rentrer pour aujourd'hui...
J'en ai trop vu !
Mon lit douillet souillé par les deux autres...
ÇA ME FOUT LES NERFS !
J'AI GRAVE BESOIN DE ME DÉFOULER !!
Dire qu'ils ont pris leur pied ici même !
FLAP FLAP

J'arrête pas de voir ces tuyaux, impossible de me concentrer...
ROLL
ROLL
ROLL
Ça sert à rien, je vais pas bander...
Y a un truc qui cloche...
MERDE...
STAP
ON VOIT SES PIEDS QUI DÉPASSENT !

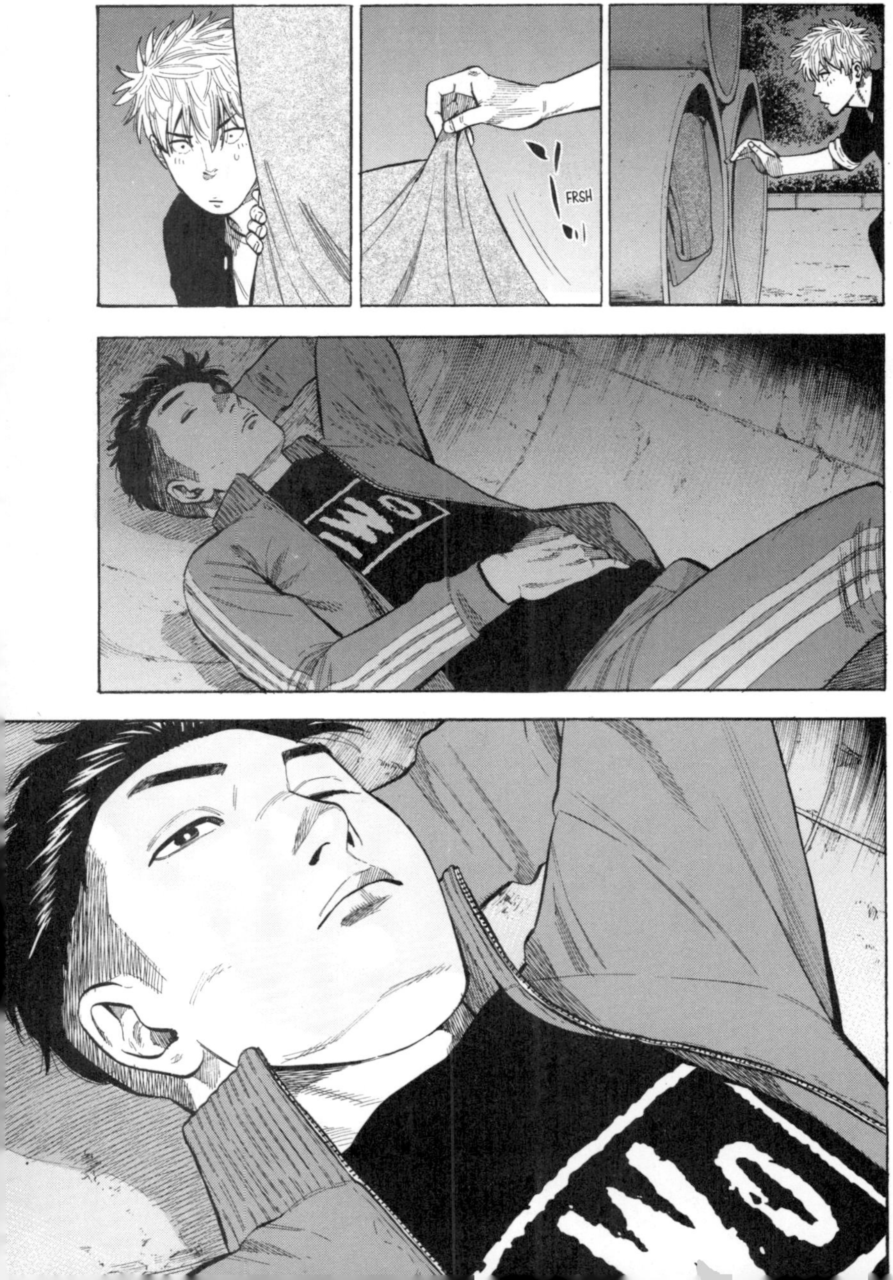
FRSH

WOOOOH !!
BOM
C'EST TOI, AKAMATSU ?
EUH...
OUAIS...
TU TE POINTES TARD, AUJOURD'HUI...
EUH...
OUAIS...
DÉSOLÉ MAIS JE TRAVAILLE TÔT, DEMAIN MATIN !
C'EST L'HEURE DE DORMIR !

Pain au curry-man...
L'homme qui fait sécher ses calbutes sur des barres de fer et dort dans des tuyaux...
On se croise depuis un moment, maintenant...
EST-CE QUE...
... TU VIENS DU FUTUR ?
.....
JE PEUX SAVOIR CE QUI TE FAIT CROIRE ÇA ?

J'AI ENTENDU DIRE QUE CEUX QUI DORMAIENT DANS DES TUYAUX ÉTAIENT DES FORMES DE VIE ENCORE INCONNUES...
C'EST CE QU'UN VIEUX DISAIT AUX BAINS PUBLICS, À 5 MINUTES DE CHEZ MOI, QUAND J'ÉTAIS À L'ÉCOLE PRIMAIRE.
TANT DE NAÏVETÉ...
JE SAIS AUSSI QUE TU BOSSES DANS UNE BOULANGERIE...
C'EST POUR ÇA QUE TU MANGES TOUJOURS DES PAINS AU CURRY.
LES NOUVELLES VONT VITE !
TU VIS DANS CE PARC ?
SI ON VEUT, OUI, PROVISOI-REMENT...
MAIS TU N'ES PAS VENU POUR DISCUTER, SI ?
ALLEZ...
VIENS TE BATTRE !

Maintenant que je suis là, il n'y a pas que de l'énervement qui bout en moi !
J'ai comme un coup de cafard...
Mais ce n'est pas un problème !
Le cafard...
... et mon irritation...
PAF

VLAN
Tout s'évacuera d'un seul coup, si je me bats avec lui...

ILS ENLÈVENT LES TUYAUX ? ÇA DONNAIT UN CERTAIN CHARME AU PARC...
J'AI ENTENDU DIRE QU'UN HOMME LOUCHE Y AVAIT ÉLU DOMICILE !
TU PARLES DE CE JEUNE HOMME ?
TANAKA DIT L'AVOIR ENCORE VU SE BATTRE !
DOMMAGE, IL ÉTAIT PLUTÔT MIGNON...
J'ESPÈRE QU'IL N'A RIEN FAIT DE MAL AUX ENFANTS DU QUARTIER...
TU CROIS ? IL N'AVAIT PAS L'AIR MÉCHANT...
Les femmes... Ah, ces vieilles commères !

CE N'EST PAS DU TOUT SON GENRE !!
OUAH !
Enfin, à vrai dire, j'en sais rien. Je n'ai jamais rien fait d'autre que me battre avec lui...
QU'EST-CE QUE TU VAS FAIRE ?

C'EST CHIANT, MAIS...
... IL NE ME RESTE QU'À ME TROUVER UN AUTRE ENDROIT !
T'AS PAS DE MAISON ? ET PAS DE FAMILLE NON PLUS ?
NON !
.....
ALLEZ, SALUT !
ET QU'EST-CE QUE TU FAIS DE NOS BASTONS, HEIN ?!
TROUVE-TOI QUELQU'UN D'AUTRE...
TU TE FICHES DE MOI ? ON N'A PAS FINI NOTRE DUEL !
NE SOIS PAS STUPIDE, TU NE M'AS PAS BATTU UNE SEULE FOIS !
PFEUH
JUSTEMENT !!

TRÈS BIEN...
ON VA RÉGLER ÇA !
DOMMAGE QU'IL NE PLEUVE PAS...
ÇA AURAIT RENDU NOTRE DERNIER COMBAT PLUS DRAMATIQUE !
CRAC
バキ
CRAC
バキ
GROOO
GROOO
ゴロゴロ
PLIC
PLIC
FSHHHH
GROOO
GROOO
GROOO
ゴロゴロ
SANS DÉCONNER !!!

JE LE SAVAIS ! T'ES VRAIMENT UN ROBOT VENU DU FUTUR !
JE NE SUIS PAS UN ROBOT !
T'ES BA-LÈZE EN BASTON...
... TU FAIS SÉCHER TES CALEÇONS EN PUBLIC...
LES ROBOTS NE PORTENT PAS DE CALEÇONS !
... ET T'AS PAS DE MAISON !
PAF
NON MAIS T'ES QUI, À LA FIN ?!

PAF
SEVEN...
HEIN ?
CRR
CRR
SEVEN KANZAKI...
C'EST MON NOM !

PAF
FSHHHH
SEVEN...
SEVEN...
SEVEN...
JE T'AVAIS POURTANT DIT DE NE JAMAIS BAISSER TA GARDE. À CROIRE QUE TU N'AS PAS RETENU LA LEÇON...

C'EST MALIN, MES FRINGUES SONT DE NOUVEAU CRADES, MAINTE-NANT...
ALLEZ, SALUT !
QUI AURAIT CRU QU'IL EXISTAIT UN PRÉNOM ENCORE PLUS GNANGNAN QUE LE MIEN...
Y A PAS À DIRE, SON COUP DE POING ME FAIT DORMIR COMME UN LOIR À TOUS LES COUPS...
ATTENDS, KANZAKI !
VIENS CHEZ MOI SI TU N'AS NULLE PART OÙ ALLER !
JE TE PRÊTERAI MA MACHINE À LAVER...

AKAMATSU [et] SEVEN 2
les colocs d'enfer !

DWOM
ゴウーン
ゴウン
DWOM
DWOM
TU PEUX PORTER ÇA, EN ATTENDANT !
FRSH
パサッ
MIAOU !

TU VIS TOUT SEUL ?
OUAIS...
GLOU GLOU
ガラガラ
PTEUH !
ASSIEDS-TOI !
T'ES AU LYCÉE, NON ? COMMENT TU PAYES LE LOYER ?
L'IMMEUBLE APPARTIENT À MON ONCLE, QUI VIT DANS L'IMMEUBLE D'À CÔTÉ. CET APPART ÉTAIT LIBRE, ALORS IL ME L'A PRÊTÉ...
TU LOGES ICI GRATUITEMENT, DONC ?
NON...
MES PARENTS LUI VERSENT QUAND MÊME DE L'ARGENT TOUS LES MOIS. EN ATTENDANT, JE TRAVAILLE TROIS JOURS PAR SEMAINE POUR POUVOIR PAYER LE LOYER MOI-MÊME !
N'IMPORTE QUOI !
C'EST BIEN !
ET TOI, ALORS, POURQUOI TU DORMAIS DANS UN TUYAU ? T'ES UN SANS-ABRI ?

PLUS OU MOINS, OUAIS...
ET OÙ T'ÉTAIS, AVANT LES TUYAUX ?
DANS UN ÉTABLISSE-MENT...
!
BOBOM
NE ME DIS PAS QUE T'ÉTAIS DANS UN ÉTABLIS-SEMENT DU GENRE CONTRÔLE SPATIAL ? OÙ LES GENS FAISAIENT DES EXPÉRIENCES SUR DES CRÉATURES ÉTRANGES, ET TOUT ?
T'ES TELLEMENT NAÏF QUE ÇA EN DEVIENT PRESQUE RELOU...
C'ÉTAIT PLUTÔT UN ÉTABLISSEMENT DU GENRE SERVICE DE PROTECTION DE L'ENFANCE. MAIS JE NE PARTAGEAIS PAS LEUR VISION DES CHOSES, JE FAISAIS TACHE...
OUPS...
DILILILING !
DILILILING !
JE DOIS FILER AU BOULOT !
TU ME RACONTERAS LA SUITE CE SOIR !
NYAN

ON NE PEUT UTILISER LES MACHINES À LAVER DU REZ-DE-CHAUSSÉE QUE JUSQU'À 18 HEURES. APRÈS, MON TONTON FERME LA PIÈCE À CLÉ ! ARRANGE-TOI POUR RÉCUPÉRER TES AFFAIRES AVANT…
TU ES SÛR QUE JE PEUX RESTER ?
TU N'AS NULLE PART OÙ ALLER, À CE QUE JE SACHE ! JE SERAI DE RETOUR VERS 22 HEURES 30 !
NE FOUILLE PAS MA CHAMBRE, HEIN !
DE TOUTE FAÇON, IL N'Y A RIEN D'INTÉRESSANT…
NE SALIS PAS NON PLUS LE FUTON, COMPRIS ?
AH ! ET SI TU TE SERS DANS MON FRIGO, JE TE FAIS LA PEAU !
ALLEZ, À PLUS !
CLAC !

PFF...
NYAN
NYAN
C'EST LE PARADIS !
Je me demande pourquoi...
... j'ai laissé l'ennemi entrer chez moi.
居酒屋

Ce n'est ni de la pitié ni de la gentillesse...
ON T'ATTEND EN CUISINE, AKAMATSU !
J'ARRIVE !
C'était juste comme ça...
TU PEUX ALLER EN SALLE, AKAMATSU ?
TOUT DE SUITE !
Go To HAWAII
BIENVENUE, ALOHA !
Des machines à libérer son stress, comme ça, on n'en trouve pas à tous les coins de rue !
MADEMOISELLE, MONSIEUR, N'HÉSITEZ PAS À M'APPELER QUAND VOUS AUREZ CHOISI !
POUR COMMENCER, ON VA PRENDRE DEUX BIÈRES !
C'EST NOTÉ ! JE VOUS APPORTE ÇA TOUT DE SUITE, ALOHA !
Et là, c'est mon intuition qui parle !
TU PEUX PARLER NORMALEMENT, TU SAIS, AKAMATSU !
S'il venait à disparaître, ça me saoulerait de chercher quelqu'un pour le remplacer !
DEUX BIÈRES, ALOHAAA !
AU REVOIR !
QU'EST-CE QU'ELLE ENTENDAIT PAR « NORMALEMENT » ?
IL Y A BIEN DES GENS QUI FONT SÉCHER LEURS CALEÇONS DANS LES PARCS... C'EST « NORMAL » AUSSI DANS UN SENS, NON ?

SMILE
ニコニコ
Demain, je le vaincrai en un seul coup !
BREF ! J'Y RÉFLÉCHIRAI DEMAIN APRÈS UNE BONNE BASTON !
CLANG !
JE SUIS REN...
IL DORT ?
ブルブルブル
BRR
BRR
HÉ ! QU'EST-CE QUI T'ARRIVE, LE PERVERS ?!
BRR
ブルブル
MIAOUUUU
ニャー
ÇA T'ARRIVE D'ÊTRE MALADE, TOI ?
C'EST SI DUR QUE ÇA, LA VIE DANS LES TUYAUX ?!
JE CROIS QUE J'AI ATTRAPÉ LA CRÈVE, J'AI DES FRISSONS NON-STOP...
IL A BEAUCOUP PLU CES JOURS-CI, ET JE N'AI PAS FAIT ASSEZ ATTENTION...
UUGH...

POF
バフ
POURQUOI TU N'AS PAS PRIS LE FUTON, IMBÉCILE ?!
IL ÉTAIT JUSTE LÀ, TU N'AVAIS QU'À TE SERVIR !
POF
バフ
J'AI CRU QUE JE NE POUVAIS PAS...
C'EST LOURD...
NE MEURS PAS ! JE T'INTERDIS DE CREVER, LE PERVERS !! PAS AVANT DE M'AVOIR MIS UNE GROSSE RACLÉE DEMAIN !!
JE M'APPELLE KANZAKI, PAS « LE PERVERS » !
JE VAIS ALLER TE CHERCHER DES MÉDICAMENTS !
ATTENDS-MOI !
AKA...
DASH
ダダ
NE MEURS PAAAS...
DING DONG
ピンポン
ピンポン
ピンポン
DING DONG
QU'EST-CE QUI T'ARRIVE, AISUKE ?
IL ME FAUDRAIT DES MÉDOCS, TU N'EN AURAIS PAS ?
DÉSOLÉ DE TE DÉRANGER AUSSI TARD, TONTON !

C'EST POUR LE PERV...
EUH, UN ROB...
UN AMI SUR LE POINT DE MOURIR !
DU CALME, AISUKE...
Pour un coup de froid, c'est ça ? J'arrive...
Merci, tonton !
UN COUP DE FROID PEUT VITE DÉGÉNÉRER EN SALOPERIE, C'EST CE QUE TONTON DIT TOUJOURS !
Allez, prends les médocs et mets un masque...
JE DEVRAIS RÉCUPÉRER AVEC UN PEU DE SOMMEIL...
DÈS QUE TU SERAS SUR PIED, ON POURRA SE FRITTER, LE PERVERS !
JE SAIS QUE TU VAS AVOIR DU MAL À CHANGER TES HABITUDES, MAIS APPELLE-MOI KANZAKI, S'IL TE PLAIT...
PFF...
JE SUIS TROP CREVÉ...

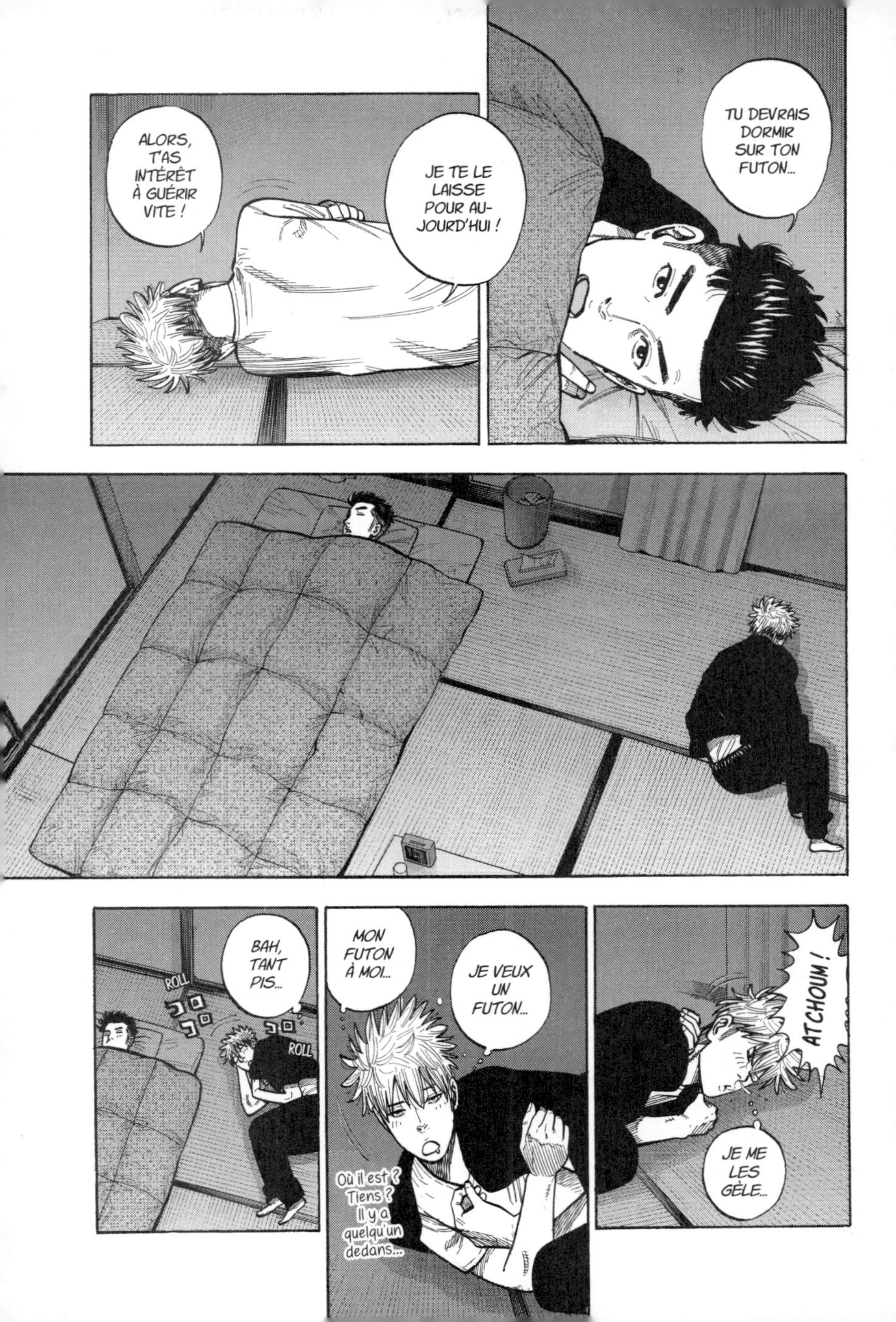
TU DEVRAIS DORMIR SUR TON FUTON...
JE TE LE LAISSE POUR AUJOURD'HUI !
ALORS, T'AS INTÉRÊT À GUÉRIR VITE !
ATCHOUM !
JE ME LES GÈLE...
JE VEUX UN FUTON...
MON FUTON À MOI...
Où il est ? Tiens ? Il y a quelqu'un dedans...
BAH, TANT PIS...
ROLL
ROLL

CUI
CUI
J'AI FROID !

FOUAAAH... J'ai bien dormi !
J'AI FAIM...
JE T'EMPRUNTE TA SALLE DE BAIN !
FSHHH
C'EST LE PARADIS...!!

JE VAIS PRENDRE QUELQUES MÉDICA-MENTS...
Il faut que je guérisse pour aller bosser...
JE SORS, AKAMATSU, JE DÉPOSERAI LES CLÉS DANS LA BOÎTE AUX LETTRES !
JE GARDE ENCORE UN PEU TES FRINGUES !
HMM...
TIENS ? C'EST POURTANT BIEN ICI...

AH, M. TAKANAMI ? NON, IL N'EST PAS ICI... JE VAIS ALLER VOIR DANS LE COIN !
J'AVAIS ENTENDU DIRE QU'IL Y AVAIT DES TUYAUX, ICI, MAIS ON DIRAIT BIEN QUE NON...
ATCHOUM
KHOF
KHOF
J'ai chopé la crève, c'est malin !

CETTE ENFLURE ! JE LUI FERAI SA FÊTE QUAND IL RENTRERA !
ENFIN, C'EST PAS SA MAISON, ICI. IL SE PEUT QU'IL NE REVIENNE JAMAIS !
J'ai la crève !
Viens pas au bahut, alors !
T'as raison !
BAH, JE SUPPOSE QU'IL VIENDRA AU MOINS ME RENDRE MES FRINGUES...
TOC
TOC
TING
Le revoilà !!!
KHOF
KHOF
ESPÈCE D'ENFOIRÉ !
TOC
TOC

FRSH ! FRSH !
TAC
TAC
TAC
J'AI TROUVÉ CE SAC DEVANT LA PORTE !

PAAAH
Le voilà !!!
ENLÈVE-MOI TOUT DE SUITE CET AIR NIAIS DE TON VISAGE ! T'AS ATTRAPÉ MA CRÈVE ?
OUAIS ! ET C'EST DE TA FAUTE, ESPÈCE D'ENFLURE !
KHOF
KHOF
CLANG !
J'ÉTAIS VENU TE RENDRE TES VÊTEMENTS... TU VEUX QUE J'EN PROFITE POUR TE CUISINER QUELQUE CHOSE ?
JE VOIS QUE TU AS DES CASSEROLES, MAIS PAS DE FOUR...
OH ! TON FRIGO EST ÉTONNAMMENT PLEIN !
IL ME SUFFIRA DE RÉCHAUFFER QUELQUE CHOSE...
NE ME DONNE PAS DE COUP DE PIED !
PAF
ON DOIT SE BATTRE ! SE BATTRE...
HAAN
HAAN
D'ACCORD, MAIS REPOSE-TOI D'ABORD ! T'ES PLUS MALADE QUE MOI...

RESTE MANGER, J'EN AI TROP DE TOUTE FAÇON !
PLOF
QUI T'A PRÉPARÉ TOUT ÇA ?
.....
IL S'EST CALMÉ, D'UN COUP...
TON ONCLE M'A DIT QUE TU ÉTAIS MALADE... PRENDS SOIN DE TOI ET REPOSE-TOI BIEN !
MAMAN

ÇA FAISAIT UNE ÉTERNITÉ QUE JE N'AVAIS PAS MANGÉ À MA FAIM !
JE ME SUIS RÉGALÉ !
TON RHUME EST DÉJÀ GUÉRI ?
OUI, C'EST PARCE QUE JE ME SUIS BIEN REPOSÉ CETTE NUIT !
BON, J'Y VAIS !
FRSH
TU AS TROUVÉ UN ENDROIT OÙ LOGER ?
NON, MAIS JE ME DÉBROUILLERAI !
TU PEUX RESTER DEUX OU TROIS JOURS, SI TU VEUX. ON N'AURA QU'À DIRE QUE TU ME PAYERAS EN BASTONS !
NON MERCI, TU VAS ME REFILER TA CRÈVE !
NON MAIS C'EST L'HÔPITAL QUI SE FOUT DE LA CHARITÉ OU QUOI ?!
SI JE RESTE, ON VA DORMIR À DEUX DANS LE MÊME FUTON ET ENCORE PARTAGER NOS MICROBES !
DORMIR À DEUX ? JE NE FERAIS JAMAIS ÇA !

LA NUIT DERNIÈRE, TU T'ES GLISSÉ SOUS LA COUETTE À CÔTÉ DE MOI, PENDANT LA NUIT...
J'AI FAIT ÇA ?
TU DEVAIS AVOIR FROID, C'EST NORMAL !
ET PUIS C'EST TON FUTON, QUAND MÊME...
J'AI CRU QUE TU M'AVAIS GENTIMENT MIS DANS LE FUTON APRÈS T'ÊTRE RÉVEILLÉ...
TU AS UNE TROP HAUTE OPINION DE MOI !
BON, D'ACCORD... ET PUIS IL Y A ENCORE LES FRINGUES QUE JE T'AI EMPRUNTÉES. JE PARTIRAI APRÈS AVOIR FAIT LA LESSIVE !
ザァァァァ
FSHHHH

CLAC !
ENCORE MERCI POUR TOUT !
SNIRF !
T'IN-QUIÈTE !
LE SEUL PROBLÈME, C'EST LE FUTON ! ON VA LE JOUER À PIERRE-PAPIER-CISEAUX !
PIERRE, PAPIER...
PIERRE, PAPIER, CISEAUX !

PIERRE, PAPIER, CISEAUX !
PAF
... CISEAU !
PAF
!
PIERRE, PAPIER, CI...
...WATCHOUM !
PFFRT
DÉGUEU !!
TU COMPTAIS GAGNER EN M'ASPERGEANT DE MORVE OU QUOI ?!
ET SI ON PARTAGEAIT DIRECTEMENT LE FUTON ?
EN PLUS, JE TE SIGNALE QUE J'AI GAGNÉ DEUX FOIS, LA FEUILLE CONTRE LA PIERRE !
TU N'AS FAIT QU'ARRÊTER MES COUPS DE POING, C'EST PAS JUSTE !
FALLAIT PAS ME FRAPPER...

JE VEUX PAS DORMIR AVEC UN AUTRE MEC...
ON L'A DÉJÀ FAIT UNE FOIS !
PAS LA PEINE DE LE RÉPÉTER !
EN TOUT CAS, MOI, JE PRÉFÈRE DORMIR BIEN AU CHAUD...
... QUE DE ME LES GELER !
.....
TU NE PRÉFÉRERAIS PAS QU'ON SE METTE CHACUN DANS UN SENS ?
FINALEMENT, LAISSE TOMBER ! JE VEUX PAS ÊTRE PRÈS DE TES PIEDS !!!!

ÇA TE DÉRANGE TANT QUE ÇA DE DORMIR AVEC QUELQU'UN ?
D'OÙ JE VIENS, ÇA ARRIVE SOUVENT QUE LES FRÈRES ET SŒURS PARTAGENT LE MÊME LIT !
TU VIVAIS DANS UNE TRIBU D'AMAZONIE OU QUOI ?!
HAHA !
PEUT-ÊTRE...
EN TOUT CAS, ÇA ME RAPPELLE DES SOUVENIRS !

チュン
CUI
CUI
チュン

JE VOUDRAIS TE POSER UNE QUESTION !
C'EST QUAND, TON JOUR DE PAYE, AU BOULOT ?
JE CROIS...
... QUE C'EST LE 25 !
ATCHOUM
ON IRA ACHETER UN DEUXIÈME FUTON !
OUAIS...
KHOF
KHOF
ET DE QUOI FAIRE DES TISANES, AUSSI...
KHOF
KHOF
C'EST QUOI, ÇA ?
T'ES VRAIMENT AU COURANT DE RIEN, TOI...
Crève X 2

AKAMATSU (et) SEVEN
3
les colocs d'enfer !

POF
POF
TAC
TAC
TAC
FSHH
JE SUIS RENTRÉ !
WOOOOH !
L'EAU QUI SORT DU FUTON EST NOIRE DE CHEZ NOIRE, C'EST DÉGUEU !!
POF
POF
TU TOMBES À PIC ! AIDE-MOI À LE TORDRE !
UWF
WOOOOH
Première activité entre colocs : TORDRE LE FUTON

* Laverie automatique

ON A ENCORE UN TAS DE CHOSES À FAIRE AUJOURD'HUI, ON VA Y ALLER MOLLO !
ET PAS DE COUPS AU VISAGE !
Y ALLER MOLLO ? TU ME PRENDS POUR QUI ? JE VAIS ME DONNER À FOND, OUAIS !
TU VAS MORFLER...
YAAAAH !!
Ils sont encore en pleine forme, tous les deux !

ÇA FAIT COMBIEN DE TEMPS ?
27 JOURS...
DÉJÀ 27 ? ÇA PASSE VITE...
ÇA FAIT DÉJÀ PLUS DE DEUX SEMAINES QUE SEVEN ET SACHIKO ONT DISPARU...
OÙ PEUVENT-ILS BIEN ÊTRE ?
ON S'EST SÉPARÉS EN PLUSIEURS GROUPES POUR LES CHERCHER...
... MAIS IMPOSSIBLE DE LEUR METTRE LA MAIN DESSUS !
SEVEN EST ALLÉ VOIR IWATSUKI IL Y A UNE DIZAINE DE JOURS POUR QU'IL LUI PRÊTE DE L'ARGENT, MAIS C'EST TOUT CE QU'ON SAIT !
IWATSUKI EST VENU ME REMBOURSER UNE PARTIE DE LA DETTE...
SI LE GAMIN NE PEUT PAS PAYER, RIEN DE PLUS NORMAL QU'UN PROCHE CASQUE POUR LUI !

JE PENSAIS QU'IL SERAIT DÉJÀ DE RETOUR CHEZ LUI, À L'HEURE QU'IL EST...
J'AVAIS BIEN DIT QU'IL FALLAIT LE GARDER À L'ŒIL ET LE METTRE AU PAS TANT QU'IL ÉTAIT PETIT, CE GAMIN !
SI ON LUI AVAIT SERRÉ LA VIS, IL NE NOUS AURAIT PAS FILÉ ENTRE LES DOIGTS UNE FOIS PLUS GRAND !
HAKO...
CE N'EST PLUS UN GAMIN, IL A LE DROIT DE DIRE OU DE FAIRE CE QU'IL VEUT ! ÇA A DÛ LE GONFLER D'ÊTRE SOUS SURVEILLANCE CONSTANTE...
NE LE BRUSQUEZ PAS TROP QUAND VOUS LE TROUVEREZ, ÉCOUTEZ D'ABORD CE QU'IL A À DIRE !
TSS !
C'EST SURTOUT POUR SACHIKO QUE JE M'INQUIÈTE, MOI...
JE ME DEMANDE SI ELLE MANGE CORRECTEMENT ET SI ELLE A TROUVÉ UN ENDROIT OÙ DORMIR...

APRÈS DEUX SEMAINES SANS AIDE DE PERSONNE, ELLE EST PEUT-ÊTRE DÉJÀ MORTE !
C'EST POSSIBLE, OUI... BON, C'EST TRISTE, MAIS ON VA DEVOIR TROUVER UNE AUTRE NANA...
ON SORT UN PEU, TAKASU !
D'ACCORD !
SEVEN AURAIT ÉTÉ APERÇU DANS LE QUARTIER D'ODAKA, ON VA ALLER FAIRE UN TOUR DANS LES ENVIRONS !
TU AS UNE IDÉE D'OÙ IL POURRAIT ÊTRE ?
TU N'ES PROBABLEMENT PAS AU COURANT PARCE QUE TU N'AS JAMAIS DÛ VEILLER SUR LUI, HAKO...
... MAIS ON EST DIMANCHE, ALORS IL NE PEUT ÊTRE QU'À UN SEUL ENDROIT !
LEQUEL ?

VEON
ショッピーーン!!
SHOPPIIIING
TADAAAM
UWF

T'ES SÉRIEUX, LÀ ? IL Y A TROP DE MONDE, JE VAIS MOURIR...
C'EST POUR ÇA QUE JE T'AI DIT D'Y ALLER MOLLO TOUT À L'HEURE. FAIRE LES COURSES AU MILIEU DE TOUTE CETTE FOULE, C'EST ÉPUISANT !
ON N'ÉTAIT PAS OBLIGÉS DE VENIR AUJOURD'HUI, ON DEVRAIT REPASSER EN SEMAINE !
On n'a qu'à juste prendre le futon, des prunes séchées et se barrer !
ILS FONT UNE PROMO AU SUPERMARCHÉ NATORI, LE DIMANCHE, ON PEUT AVOIR DES PRUNES SÉCHÉES GRATUITEMENT SI ON ACHÈTE POUR 5 000 YENS !
C'EST POUR ÇA QUE TU TENAIS À VENIR AUJOURD'HUI ?
TOMBOLA
ET JE VAIS ACHETER DES VÊTEMENTS, AUSSI. ON AURA PEUT-ÊTRE DES TICKETS POUR LA TOMBOLA !
T'ES TROP À FOND DEDANS !!
UWF
JE T'AI PRÉVENU QUE JE N'ACHETAIS QUE LE STRICT NÉCESSAIRE !
JE SAIS, MAIS LÀ, QUAND MÊME...
Remontons le temps de deux jours...

Quand Kanzaki et moi étions malades, nous avons passé de longues heures à discuter, le temps de retrouver nos forces. Après avoir totalement exterminé ces maudits microbes, il a commencé à s'ouvrir un peu...
Trois mois !
Je voudrais que tu m'héberges trois mois !
Je sais que les dépenses quotidiennes vont doubler, puisqu'on sera deux...
... mais je te promets de payer moi-même pour mes affaires et de ne pas devenir un fardeau pour toi !
Je t'apprendrai aussi à te battre...
... et je payerai la moitié des courses pour la nourriture !
Si tu en as marre de me voir, dis-le-moi simplement et je te laisserai un peu d'air...
Qu'est-ce que tu en dis ?

Bah, qu'il soit là ou pas, ça ne devrait pas changer grand-chose !
COMME SI J'AVAIS LE CHOIX, IL N'A NULLE PART OÙ ALLER !
SHRAA
UNE SECONDE ! T'AS L'INTENTION D'ACHETER CES FRINGUES ?!
480 YENS, C'EST PAS CHER !
ATTENDS ! C'EST VRAIMENT PAS CHER, J'AVOUE, MAIS DU COUP, IL Y A DE QUOI SE POSER DES QUESTIONS !
JUSTE POUR LES LUNETTES !
NON, C'EST UN ENSEMBLE...
UN ENSEMBLE ?!
ET TON GILET AVEC LES OREILLES DE CHATS, ALORS, TU VEUX QU'ON EN PARLE ?
MON GILET N'A RIEN À VOIR AVEC CES HORREURS !
IL EST TROP GÉNIAL !
……
T'as vraiment des goûts de chiotte, mon pote !
Enfin bon, je ne porterais jamais ça, mais si ça lui plaît !!
Après tout, il faisait bien sécher ses caleçons dans un parc, il ne doit avoir honte de rien !!

Ça t'irait trop bien, ça !
C'est 780 yens, tu devrais pouvoir te le payer !
BON, ADMETTONS... TU POURRAIS GARDER L'ENSEMBLE POUR CERTAINES OCCASIONS ! EN ATTENDANT, ÇA, TU POURRAIS LE PORTER TOUS LES JOURS, NON ?
ÇA IRAIT NICKEL AVEC TA VESTE, ET AVEC MON SHORT AUSSI !
GRAB
DANS LES RÈGLES DE COHABITATION, ON DEVRAIT AJOUTER UN POINT QUI T'OBLIGERAIT À ACHETER AU MOINS UN VÊTEMENT CHOISI PAR MES SOINS !
ET POURQUOI ? C'EST MOI QUI PAYE, JE NE VOIS PAS POURQUOI TU AURAIS TON MOT À DIRE !
Je paye avec mon salaire, je te signale ...
TRÈS BIEN, ON VA RÉGLER ÇA AUTREMENT ! SI TU ARRIVES À REPRODUIRE UNE DES TROIS TECHNIQUES D'AUTODÉFENSE QUE JE T'AI APPRISES AUJOURD'HUI, JE TE LAISSERAI CHOISIR UN DE MES VÊTEMENTS !
ÇA MARCHE !
TANT QUE J'Y SUIS, J'AJOUTE ÇA !!
ÇA ME VA !

Fight!
PAF
パンッ
PAF
パッ
PAF
パンッ
PAF
パンッ
TSS !

TU AVAIS LA MAUVAISE HABITUDE DE LAISSER UNE OUVERTURE SUR TON FLANC GAUCHE QUAND TU FRAPPAIS, MAIS TU AS PU CORRIGER ÇA DÈS LE PREMIER COUP...
ET LES DEUX AUTRES ?
Ça devait au moins être le 500e pari de ma vie...
ZOUP
JE NE ME SOUVIENS PAS T'AVOIR APPRIS LA TECHNIQUE DU MEC BOURRÉ...
TU VAS TOUT PORTER DIRECTEMENT SUR TOI POUR RENTRER ?
OUI, JE SERAI PLUS À L'AISE POUR BOUGER !
C'EST PAS TROP MAL, FINALEMENT...
780 YENS
1450 YENS
3900 YENS
JE VAIS ME PRENDRE UNE VESTE, AUSSI...
ET POUR ÇA, PAR CONTRE, IL N'HÉSITE PAS... JE NE LE COMPRENDS PAS !

TU ME CHOISIS UNE PAIRE DE LUNETTES, AKAMATSU ?
DES LUNETTES ?
EH BEN DIS DONC, IL DOIT TROUVER QUE J'AI DRÔLEMENT BON GOÛT ! QUAND IL FAUT Y ALLER, IL FAUT Y ALLER !
TIENS !
TU ME FAIS MARCHER, J'ESPÈRE ?!

* Approximativement 90€.

ON A CROISÉ YAMADA ET B-SUKE...
ILS NE SONT PEUT-ÊTRE PAS SEULS ?
ILS N'AVAIENT PAS L'AIR DE FAIRE LEURS COURSES...
JE METTRAIS MA MAIN À COUPER QU'ILS ME CHERCHENT !
IL VAUDRAIT MIEUX QUE JE NE TRAÎNE PAS TROP ICI...
D'UN AUTRE CÔTÉ, MES SIGNES DISTINCTIFS ÉTAIENT SURTOUT MON JOGGING BLEU, MA COUPE DE CHEVEUX ET MES SANDALES...
AVEC MA NOUVELLE TENUE, JE DEVRAIS ME FONDRE DANS LA MASSE DU CENTRE COMMERCIAL !
EN PLUS, CE SERAIT BÊTE DE PERDRE CES TICKETS DE TOMBOLA...

.....
DÉSOLÉ, J'AI ÉTÉ UN PEU LONG !
Bien ! Je vais essayer de les semer !!
?
ZOUP
TON LACET EST DÉFAIT, JE VAIS LE REFAIRE !
AH, MERCI...

QUOI, TU VEUX TE COUDRE UNE NAPPE ?
Tu veux une guitare ? Mais tu ne sais même pas jouer !
REGARDE, AKAMATSU !
UNE BOULE À NEIGE, CE N'EST PAS DU TOUT LA SAISON, POURTANT...
Probablement un invendu...
.....

* Les meilleurs prix, c'est chez Natori

JE PRENDS DES RASOIRS JETABLES ?
ELLE A L'AIR BIEN CETTE BROSSE À CHIOTTES, NON ? JE LA PRENDS ?
OUAIS...
ON DEVRAIT S'ACHETER DES MUGS DE COULEURS DIFFÉRENTES, POUR NE PAS LES CONFONDRE !
TU PENSES QUOI DE CEUX-CI, AVEC L'ÉLÉPHANT ET LA GIRAFE ?
J'AIME BIEN LE SINGE, MOI...
QUEL SINGE ?
LAUGH
HEIN ? ÇA ?! C'EST CE TRUC QUE T'AIMES BIEN ?!
ON DIRAIT QU'IL EST SUR LE POINT D'INVOQUER DES DÉMONS !
MOI, ÇA ME GÂCHERAIT LE GOÛT DE MA BOISSON !
Singe
300 yens
JE VEUX BIEN PAYER LES MUGS... ON PREND CEUX QUE J'AVAIS CHOISIS ?
Voir la tronche de ce singe tous les jours, c'est au-dessus de mes forces...

T'AS PAS L'AIR CONTENT !
BEN... JE SAIS PAS TROP...
TU VEUX RÉGLER ÇA AVEC UNE BASTON ?
IL NE NOUS RESTE QUE LE FUTON ET LA COUETTE À ACHETER...
!
DEMI-TOUR

TAP
TAP
TAP
TAP
Je suppose qu'on pourra acheter des cintres au 100 yens shop...
BAM

QUOI...
TU LE VEUX TANT QUE ÇA, CE SINGE ?
C'EST BON, JE PRÉFÈRE MONSIEUR L'ÉLÉPHANT...
GHH
NON...
«MON-SIEUR L'ÉLÉ-PHANT» ?
BON, UNE COUETTE, MAINTENANT !
ガッ
!!
GRAB
ARGH !

ズル ズル ズル
FRSH
FRSH
GRAAAH ?! NNNGH ?!
JE T'AI APPRIS CE QU'IL FALLAIT FAIRE, QUAND ON SE FAIT ATTRAPER PAR-DERRIÈRE ?
!?
FRSH
FRSH
D'ABORD, SAISIR FERMEMENT LA MAIN DE L'ASSAIL-LANT...
GRAB
... ET TIRER DE TOUTES SES FORCES SUR UN DOIGT !!
SI CE N'EST PAS POSSIBLE, LUI DONNER DES COUPS AU VISAGE ET, AU MOMENT OÙ IL EST DÉSTABILISÉ, SE GLISSER PAR-DESSOUS SON BRAS ET LE LUI TORDRE DANS LE MAUVAIS SENS !
OU BIEN S'ACCROCHER DE TOUTES SES FORCES AUX DEUX BRAS DE L'ASSAILLANT POUR FAIRE BASCULER SON POIDS...
HAAN
HAAN
... ET LE POUSSER EN ARRIÈRE D'UN GRAND COUP !
YAAAH !
BOM
BOM

HAAAN...
HAAAN...
TOI...
ÇA VA PAS BIEN ?!
QU'EST-CE QUI T'A PRIS ?!
SI TU VOULAIS TANT QUE ÇA LE SINGE, IL FALLAIT SIMPLEMENT LE DIRE...
... AU LIEU DE TOURNER AUTOUR DU POT !!
WAAAAH !!
GRAB
!!

WHAM
TU… TU… TU… TU…
NON MAIS OH !!
JE PEUX SAVOIR CE QUE TU FOUS ?!
GSHHH
HÉ HOOO !
LÀ, TOUT DE SUITE, JE NE VEUX NI LE SINGE NI L'ÉLÉPHANT. JE VEUX RESTER COMME ÇA…
HEIN ?!
AT-TENDS …
GSHHH
GSHHH

BIBIP !
BIBIP !
Ajustements terminés, le programme complet va commencer !
VVVRRRR
DZZZZ
DZZZZ
カタ
TAC
カタ
TAC
カタ
TAC
カタ
TAC
カタ
TAC
カタ
カタ
カタ
ON DIRAIT QU'IL N'EST PAS LÀ, YAMADA !
J'ÉTAIS POURTANT SÛR DE MON COUP...
BON, TANT PIS ! ON VA RENTRER POUR AUJOURD'HUI...
DZZZZZ
DZZZZZ

PUISQU'ON EST LÀ, POURQUOI ON N'ESSAYERAIT PAS LES FAUTEUILS DE MASSAGE ?
NAN, ON RISQUE DE DÉRANGER CE COUPLE DE CHAUDS LAPINS... ON RENTRE !
TATAC
TATAC
TATAC
......
C'est quoi, cette situation craignos ?
Mon corps va réagir tout seul !
VSHHH
VSHHH
FRSH
FRSH
AH, IL A DESSERRÉ SON EMPRISE...
VIDÉ
CLAC
CLAC
CLAC
Il m'a agrippé d'un coup, et maintenant, il fait une tronche comme s'il avait atteint l'illumination !

DZZZ
BIBIP ! BIBIP !
BIEN ! ALLONS ACHETER LE FUTON ET PUIS RENTRONS !
À quoi il joue ?!
ON VA PRENDRE LE TOUT !
CROA
CROA
BIEN ! ON N'A PLUS QU'À RENDRE L'ASPIRATEUR À TON ONCLE ET ON AURA TERMINÉ !

J'Y VAIS !
ATTENDS, JE VIENS AVEC TOI !
COMME IL M'AUTORISE À RESTER, JE VOUDRAIS AU MOINS LE SALUER !
T'AS ACHETÉ CETTE CHEMISE ?! TU TE CROIS EN PLEIN SAFARI ?!
JE T'AVAIS DIT QUE JE PRENDRAIS QUELQUE CHOSE POUR LES OCCASIONS !
ET TU TROUVES QUE C'EST UNE OCCASION, LÀ ?!
BEN OUI !
TONTOOON, ON EST VENUS RECHERCHER LE FUTON !

ET DONC, JE VAIS RESTER HABITER ICI PENDANT TROIS MOIS. JE FERAI EN SORTE DE NE VOUS CAUSER AUCUN ENNUI !
TENEZ ! C'EST PEU, MAIS...
... JE PEUX DÉJÀ VOUS PAYER UNE PETITE AVANCE SUR LE LOYER DU MOIS PROCHAIN...
C'EST BON ! TU ES UN AMI D'AISUKE, NON ? TU PEUX GARDER TON ARGENT !
MAIS...
UTILISE-LE À BON ESCIENT ! ET SI TU DÉCIDES DE RESTER PLUS DE TROIS MOIS, NOUS EN REPARLERONS...
D'ACCORD !
TON AMI A LA TÊTE SUR LES ÉPAULES, EN TOUT CAS ! VENEZ NOUS VOIR SI VOUS AVEZ LE MOINDRE PROBLÈME !
OUI, TU M'AS L'AIR DE QUELQU'UN DE BIEN !
BON COURAGE POUR TON TRAVAIL !
MERCI !
Malgré son horrible chemise ?!

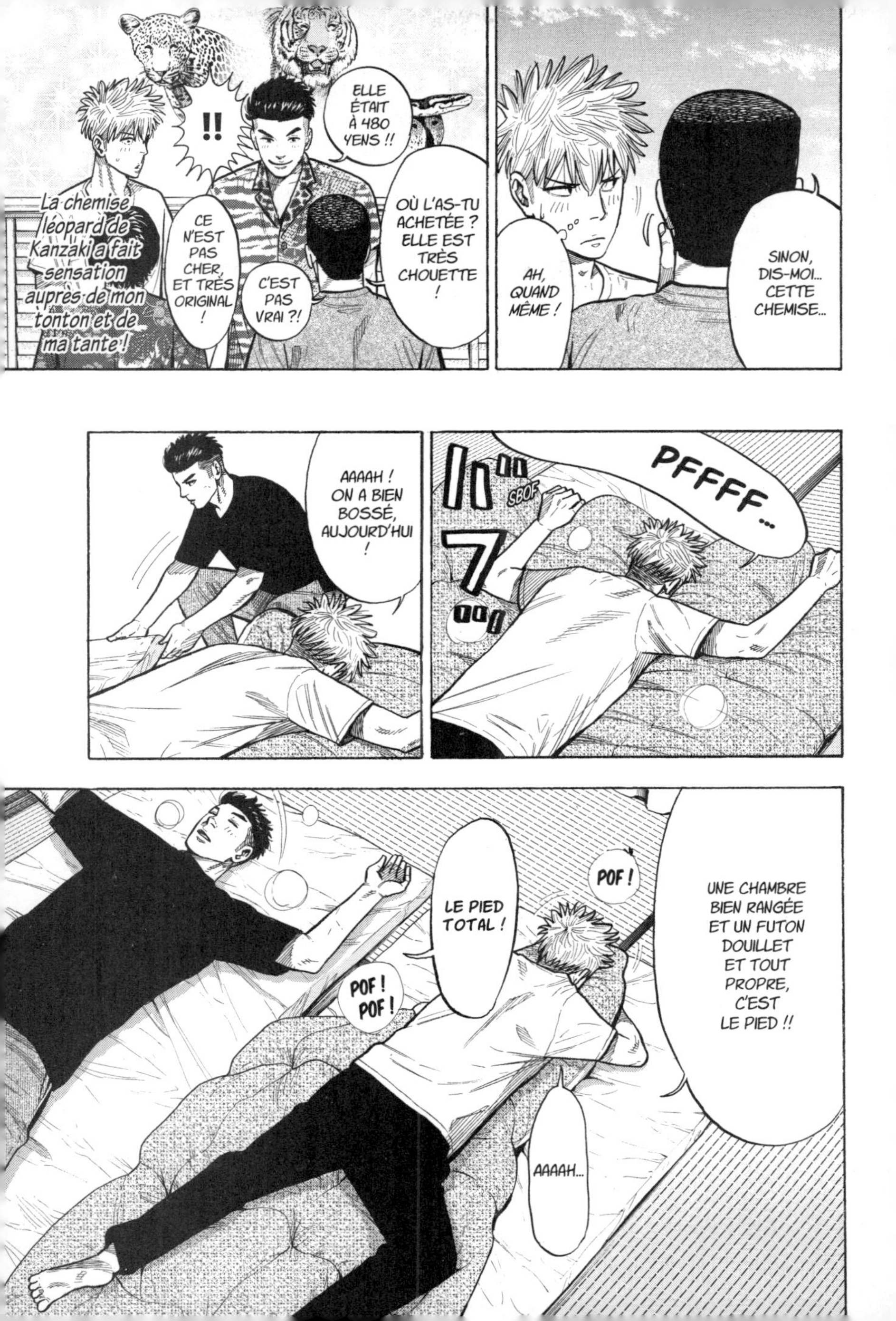
SINON, DIS-MOI... CETTE CHEMISE...
AH, QUAND MÊME !
OÙ L'AS-TU ACHETÉE ? ELLE EST TRÈS CHOUETTE !
ELLE ÉTAIT À 480 YENS !!
!!
C'EST PAS VRAI ?!
CE N'EST PAS CHER, ET TRÈS ORIGINAL !
La chemise léopard de Kanzaki a fait sensation auprès de mon tonton et de ma tante !
PFFFF...
SBOF
AAAAH ! ON A BIEN BOSSÉ, AUJOURD'HUI !
UNE CHAMBRE BIEN RANGÉE ET UN FUTON DOUILLET ET TOUT PROPRE, C'EST LE PIED !!
POF !
LE PIED TOTAL !
POF ! POF !
AAAAH...

CETTE JOURNÉE M'A CREVÉ !
TU PEUX M'EXPLIQUER CE QUI T'A PRIS, D'AILLEURS, TOUT À L'HEURE ?
COMMENT ÇA ?
VOULOIR ESSAYER LA GUITARE...
... ACHETER UNE VIEILLE BOULE À NEIGE...
... M'ATTAQUER PAR SURPRISE...
Autant de fantaisies dans un monde si minuscule !
ÇA RESSEMBLAIT UN PEU À UN RANCARD ALORS JE ME SUIS EMBALLÉ, C'EST TOUT...
ON VOIT SOUVENT DES COUPLES COMME ÇA, QUI S'AMUSENT ENSEMBLE EN FLIRTANT !
C'ÉTAIT PAS UN RANCARD, DÉJÀ ! ET ÇA T'ARRIVE SOUVENT DE FAIRE DES PRISES À TES COPINES, TOI ?!
J'AVAIS PLUTÔT L'IMPRESSION QUE TU TE FOUTAIS DE MA GUEULE !
POF
SANS PARLER DES FAUTEUILS DE MASSAGE...
AH, LE FAUTEUIL... C'ÉTAIT TELLEMENT AGRÉABLE !
ON N'EST PAS CENSÉS MONTER DESSUS À DEUX ! LE GÉRANT N'ÉTAIT PAS CONTENT !
ET PUIS C'ÉTAIT QUOI CE QUE TU M'AS FAIT, LÀ ?

IL FAUDRA QU'ON Y RE-TOURNE !
ET PUIS QUOI ENCORE...
ENCORE, LA GUITARE ET LA BOULE À NEIGE, JE M'EN FOUS UN PEU...
Le problème, c'est le fauteuil ! Qu'est-ce qu'il m'a fait, là ? C'était une sorte de test ?! Ou il se moquait juste de moi ?
Peut-être qu'il avait envie de se sentir en couple l'espace d'un instant ? Ça ne m'étonnerait pas de ce pervers qui fait sécher ses caleçons dans un parc !
J'ai grave envie de me masturber sans plus penser à rien !
BEN ALORS, T'ES FÂCHÉ ?
JE VEUX ME MASTURBER, GROUILLE-TOI DE T'ENDORMIR !

JE SUIS PAS FÂCHÉ, SEULEMENT CREVÉ !
C'EST VRAI QUE C'EST ÉREINTANT DE SE BALADER DANS LA FOULE !
PERSONNE NE DEVRAIT ALLER DANS LES CENTRES COMMERCIAUX LE DIMANCHE !
J'IRAI TOUT SEUL, LA PROCHAINE FOIS...
TU N'AS QU'À Y ALLER EN SEMAINE, À LA PLACE !
TU DEVRAIS POUVOIR Y PASSER APRÈS TON BOULOT À LA BOULANGERIE...
ÇA NE M'A PAS SPÉCIALEMENT DÉPLU, COMME JOURNÉE...
SI T'Y RETOURNES EN SEMAINE, JE VEUX BIEN VENIR AVEC TOI !
MAIS ON N'ESSAYERA PLUS LES FAUTEUILS DE MASSAGE !

IL TE RESTE DES TICKETS DE TOMBOLA, NON ?
ROLL
ET MOI, J'AI OUBLIÉ D'ACHETER DES CHAUSSETTES...
BON, IL FAUT DORMIR...
BONNE NUIT !

AKAMATSU et SEVEN
les colocs d'enfer !
4

GWOOO
ゴウン
Aaah, qu'il fait beau !
ゴウン
GWOOO
TAC
カン
TAC
カン

EXCUSEZ-MOI…
VOUS ÊTES LA MÈRE D'AKAMATSU ?
AH, OUI !
JE M'APPELLE KANZAKI, VOTRE FILS M'HÉBERGE EN CE MOMENT !
AH, C'EST DONC TOI…
SON ONCLE M'A PARLÉ DE TOI. JE SUIS LA MAMAN D'AISUKE, ENCHANTÉE. MERCI DE PRENDRE SOIN DE MON FILS !
TOUT LE PLAISIR EST POUR MOI !
AKAMATSU N'EST PAS LÀ, IL N'EST PAS ENCORE RENTRÉ DE L'ÉCOLE…
ÇA NE FAIT RIEN, EN GÉNÉRAL J'ESSAYE DE PASSER QUAND IL N'EST PAS LÀ !
MERCI POUR VOS REPAS ! J'AI CONSTATÉ QUE VOUS CUISINIEZ AUSSI POUR MOI, CES DERNIERS TEMPS, ÇA M'AIDE BEAUCOUP !
NE T'EN FAIS PAS POUR ÇA, ÇA NE ME PREND PAS PLUS DE TEMPS !

EST-CE QU'AISUKE... VA BIEN ?
OUI !
ET IL MANGE TOUJOURS VOS REPAS SANS EN LAISSER UNE MIETTE !
JE VOIS...
TANT MIEUX !
JE N'AI RIEN À VOUS PROPOSER, MAIS SI VOUS VOULEZ ENTRER...
C'EST GENTIL, MAIS IL FAUT QUE JE PARTE TRAVAILLER...
JE N'AURAI PROBABLEMENT PAS L'OPPORTUNITÉ DE LE VOIR DE SITÔT, ALORS SI TU POUVAIS LUI TRANSMETTRE UN MESSAGE...
SON PÈRE AURA CERTAINEMENT BESOIN DE PLUS DE TEMPS...
... MAIS JE VOUDRAIS QU'IL SACHE QUE SON FRÈRE ET MOI SOMMES DE SON CÔTÉ, ET QU'IL PEUT RENTRER QUAND IL VEUT !

C'EST ENTENDU, JE LE LUI DIRAI !
JE SUIS RENTRÉÉÉ !
J'AI LA DALLE...
FRSH
FRSH
UN RAGOÛT ? IL Y A DE LA VIANDE ?
OUI, BEAUCOUP !
HÉHÉ !
AU FAIT, J'AI RENCONTRÉ TA MÈRE, AUJOURD'HUI !

ELLE S'INQUIÈTE DE SAVOIR SI TU VAS BIEN...
... ET ELLE M'A DEMANDÉ DE TE DIRE QUE TON PÈRE AURA CERTAINEMENT BESOIN DE PLUS DE TEMPS, MAIS QUE TON FRÈRE ET ELLE ÉTAIENT DE TON CÔTÉ ET QUE TU POUVAIS RENTRER QUAND TU VOULAIS !
JE NE SAIS PAS CE QUI S'EST PASSÉ, MAIS TU DEVRAIS ALLER LES VOIR AVANT QU'IL NE SOIT TROP TARD, ON NE SAIT JAMAIS CE QUI PEUT ARRIVER.
.....
ALLEZ, VIENS MANGER !
TES DEUX PARENTS TRAVAILLENT POUR TE PRÉPARER À MANGER ET TU AS UN TCIT AU-DESSUS DE LA TÊTE...
QUOI, TU TROUVES QUE JE SUIS UN ENFANT POURRI GÂTÉ, C'EST ÇA ?!
CE N'EST PAS CE QUE J'AI DIT, JE TE PARLE JUSTE DE RECONNAIS-SANCE, LÀ.

.....
TU ES GRAND, MAINTENANT...
ET TOI, ALORS ?
MOI ?
J'AIME MES PARENTS, ET JE LEUR SUIS RECON-NAISSANT !
J'AI GRANDI DANS UNE FAMILLE PAUVRE, À LA CAMPAGNE.
ILS ÉTAIENT PERSUADÉS QUE VENIR ICI ÉTAIT LA MEILLEURE DES CHOSES À FAIRE. QUE TOUT ÉTAIT BEAU, ET QU'ON ALLAIT MENER LA BELLE VIE.
MAIS LES TUYAUX, C'ÉTAIT QUAND MÊME PAS LE GRAND LUXE !
Ça m'a filé mal aux épaules !
UNE CHANCE QUE TU M'AIES SAUVÉ !
TU TE TROMPES...
JE NE T'AI PAS SAUVÉ, JE VOULAIS JUSTE ME BATTRE AVEC TOI !
NE PRENDS PAS CET AIR !
MERCI, EN TOUT CAS !
HEIN... ?
OUI, OUI, PARDON...
ARRÊTE ÇA...
U.W.F.

JE PASSERAI À LA SUPÉRETTE EN RENTRANT, TU VEUX QUELQUE CHOSE ?
NON MERCI !
GLAG
TING
AVEC SA BALADE ET LA SUPÉRETTE, IL NE RENTRERA SÛREMENT PAS AVANT UNE BONNE HEURE !
POF
POF
C'EST LARGEMENT SUFFISANT !
YAHAAA !
Génial !! C'est le moment parfait pour une petite séance de masturbation !!!
GRAB
Depuis qu'il est là, je ne peux plus le faire le soir, c'est toujours le matin !
SBOF
D'ailleurs, il se masturbe quand, lui ? Bah, je m'en fiche !

J'avais presque oublié à quel point c'était agréable de se palucher tranquillement chez soi, le soir...
HAAA...
FRSH
ふにふに
シコシコシコシコシコシコ
FRSH
FRSH
FRSH
シコ シコ シコ シコ
FRSH
FRSHH
シ コ……
JE SUIS RENTRÉ !
CLAC
パタン
IL S'EST ENDORMI EN PLEIN MILIEU...

IL A L'AIR
DRÔLEMENT
HEUREUX...
Job-navigation
Lobster Corporation
Payements immédiats et hébergement
Travail sur place (de nuit)
TEL応募
WEB応募

CLAC
パタン…!
スッ…!
FRSH
DONG
DONG
DONG
DONG
キーンコーン カーンコーン
……

J'y crois pas... J'ai loupé la super opportunité de pouvoir me masturber tranquillement hier soir... !!
Qui s'endort avant de jouir, sérieusement ?! En plus, du coup, j'ai éjaculé pendant mon sommeil, mon caleçon était trempé ! Et puis il a fallu le mettre à sécher, après ! Depuis qu'il est là, même mes nuits ne sont plus tranquilles !!
AISUKE ! ÇA TE DIT D'ALLER AU KARAOKÉ ?
Je n'arrive même plus à savoir pourquoi je l'ai autorisé à rester chez moi !
Pas pour qu'il me prépare à manger, en tout cas...
Ni pour qu'il fasse la lessive ni pour qu'il sorte les poubelles (même si c'est super pratique) !
NAN, JE RENTRE !
J'AI MÉMORISÉ UNE CHANSON, JE VOUDRAIS QU'ON SE LA FASSE ENSEMBLE !
HEIN ?!
C'est ça ! C'était pour la baston ! C'est la machine censée m'aider à me défouler !!
TAP
TAP
JE VAIS Y ALLER...
D'ACCORD, AU REVOIR !

OH !
C'EST RARE QU'ON SE CROISE ! J'AI PU REPRENDRE DU PAIN...
PAF
PAF
PAF
PAF

GH !
STOP
TU AS L'AIR DISSIPÉ, QU'EST-CE QUI SE PASSE ?
TSS...
JE NE SUIS PAS DISSIPÉ !
NE T'ARRÊTE PAS ! SI TU PEUX ME FRAPPER, FAIS-LE !!

BOM
ALLEZ, RAMÈNE-TOI !!
WOOSH
JE ME FICHE D'ÊTRE BLESSÉ !
JE NE VAIS PAS TE FRAPPER INUTILEMENT, AUTANT ÉVITER LES BLESSURES !
ET JE ME FICHE AUSSI QUE TU M'APPRENNES À ME BATTRE, D'AILLEURS !
TOUT CE QUE JE VEUX, MOI, C'EST ME BATTRE LIBREMENT !!

EN FREE-
STYLE ?
GRAB
TRÈS
BIEN !
WOOSH
!!
ARRANGE-TOI
POUR BIEN TE
RÉCEPTIONNER
!!

ET VOILÀ LE TRAVAIL !
BAM
TU M'AS BOUSILLÉ LES MAINS !!
Il y avait des petits cailloux par terre !
BEN VOILÀ, T'ES BLESSÉ MAINTENANT !
CONTENT ?
TU AS MÊME APPRIS À BIEN TE RÉCEPTIONNER !
AÏEUH !
AH ! LE PAIN !!
POF
TON UNIFORME EST DIFFICILE À NETTOYER, IL FAUT PROCÉDER PAR ÉTAPES. ARRANGE-TOI POUR NE PAS TROP LE SALIR...
COMMENT TU T'Y CONNAIS AUTANT EN LESSIVES ?
ET PUIS C'EST TOI QUI L'AS SALI EN M'ENVOYANT VALSER !
POF
POF

LA BAIGNOIRE EST PLEINE ?
PAS ENCORE...
SI ON PREND NOTRE BAIN À DEUX, ÇA DEVRAIT ALLER !
HEIN ?
ON VA LE PRENDRE ENSEMBLE !
HEIN ?
TU AS MAL AUX MAINS, NON ? JE VAIS T'AIDER À TE LAVER LES CHEVEUX !
C'EST BON, JE PEUX PASSER UN JOUR SANS LES LAVER...
NON, TU VAS SALIR TON FUTON !
T'ES VRAIMENT UN MANIAQUE DE LA PROPRETÉ, TOI, MA PAROLE...
JE L'AVAIS DÉJÀ PENSÉ AVANT... SI ON PREND NOTRE BAIN ENSEMBLE, ON POURRA FAIRE DES ÉCONOMIES D'EAU !
ON PEUT TOUJOURS NE PAS PRENDRE DE BAIN DU TOUT, SINON...

DEUX MECS QUI VIVENT ENSEMBLE ET QUI NE PRENNENT PAS DE BAIN ? TU PLAISANTES, J'ESPÈRE...
SURTOUT APRÈS CETTE JOURNÉE, TU AS BESOIN D'UN BON BAIN, CROIS-MOI ! ET ON VA LE PRENDRE ENSEMBLE !
FRSH
ポイ ポイッ
SI TU NE VIENS PAS, JE TE RENVOIE VALSER DANS LES AIRS !
CLAC
パサッ
BON ALORS, TU TE MAGNES, OUI OU NON ?!
RAAAH ! C'EST BON, C'EST BON !
JE...
J'ARRIVE...
ALLEZ, VIENS !

IL Y A DE LA PLACE, JUSTE LÀ !
C'est quoi, ce truc ?!
SEVEN SAFARI PARC
C'est quoi, ça ?
SILENCE
Non mais sérieusement, c'est quoi, ce délire ?!

ON AURAIT TRÈS BIEN PU SE CONTENTER DE LA DOUCHE...
JE NE VOIS TOUJOURS PAS POURQUOI JE DOIS PRENDRE MON BAIN AVEC TOI...
Il a mal aux mains.
ON N'A PAS DU TOUT BESOIN DES MÊMES QUANTITÉS D'EAU, QUAND ON EST À DEUX !
TU AS VU COMME LE NIVEAU A MONTÉ ?
SI TU ATTRAPES ENCORE LA CRÈVE, TU NE POURRAS PAS TRAVAILLER. IL FAUT SAVOIR SE RELAXER, DE TEMPS EN TEMPS !
SAUF QUE JE SUIS LOIN D'ÊTRE RELAX, LÀ !
JE SAIS AUSSI QUE TU ES PLUTÔT ROBUSTE ET QUE TU GUÉRIS VITE, MÊME QUAND TU PRENDS UN COUP AU VISAGE ET QUE TU FINIS TOUT ENFLÉ...
... MAIS N'OUBLIE PAS NON PLUS QUE CERTAINES BLESSURES PEUVENT LAISSER DES SÉQUELLES À VIE, OU QUE TU POURRAIS FINIR AVEC LE VISAGE DIFFORME OU PLEIN DE CICATRICES !
LA PREMIÈRE FOIS QUE TU M'AS CHERCHÉ, J'AI RIPOSTÉ PARCE QUE C'ÉTAIT JUSTE UNE FOIS, COMME ÇA. MAIS AUJOURD'HUI, C'EST DIFFÉRENT.
JE COMPRENDS QUE TU ADORES TE BATTRE...
... MAIS MOI, TAPER SUR LES GENS SANS ARRÊT, CE N'EST PAS TROP MON TRUC...

ON DEVRAIT UN PEU CHANGER NOTRE FAÇON DE FAIRE...
DIS...
TU M'ÉCOUTES ?
ZWIIIP
HIII !
QU'EST-CE QUE TU FICHES ?! ARRÊTE !
AH, T'ES VIVANT...
J'AI TOUJOURS ENVIE DE TOUCHER LA NUQUE DES GENS, QUAND ELLE EST JUSTE SOUS MES YEUX !
EH BIEN TU NE DEVRAIS PAS !!
TRÈS BIEN...
JE VAIS TE LAVER, MAINTENANT !
SPLASH

TU VEUX METTRE TON BANDEAU SPÉCIAL POUR TE LAVER LES CHEVEUX, AKAMAT-SU ?
PAS BESOIN !
FRSH
FERME BIEN LES YEUX, SI TU NE VEUX PAS AVOIR DE MOUSSE DEDANS !
ARRÊTE DE ME TRAITER COMME UN BÉBÉ !!
FRSH
FRSH
TU FAIS SORTIR TROP D'EAU DE LA BAIGNOIRE QUAND TU ENTRES DANS TON BAIN...
C'EST DU GASPILLAGE, PAS LA PEINE DE TE PRÉCIPITER AU-TANT... VAS-Y PLUS EN DOUCEUR !
T'AS L'AIR D'UN GROS RUSTAUD, MAIS TU FAIS DRÔLEMENT ATTENTION AUX PETITS DÉTAILS, DIS DONC !
TOI AUSSI, DANS UN SENS...
FRSH
C'EST FOU CE QUE TES CHEVEUX SONT DOUX !
.....
FRSH
C'est plutôt...
...agréable...
HAAAA

SPLASH
C'est trop b...
SPLASH
......
Qu'est-ce que tu fiches ?
GRAB
FRSH
FRSH
JE PEUX ME LAVER LE CORPS TOUT SEUL...
TANT QUE J'Y SUIS...
NAN, SÉRIEUSEMENT, LAISSE TOMBER !
C'est pas très cool pour toi !

ALLEZ, LAISSE-TOI FAIRE !
PLAF
SURSAUTE
NAN, SÉRIEUSE-MENT !
QUOI, T'AS LE DOS HYPER SENSIBLE, C'EST ÇA ? HAHAHA !
FRSH
FRSH
Il n'y a pas de quoi rougir !
SÉRIEU-SE-MENT...
JE VOUS JURE...
À TON ÂGE, C'EST NORMAL D'ÊTRE UN PEU GÊNÉ D'ÊTRE LAVÉ PAR QUELQU'UN D'AUTRE, CE N'EST PAS COMME SI ÇA ARRIVAIT TRÈS SOUVENT !
C'EST PAS LE PROBLÈME...
NON, SÉ-RIEUSE-MENT...
VRAIMENT...
AH !
BOM

AH !
TU BANDES ?

MAIS NON, RIEN À VOIR ! C'EST MÊME PAS VRAI !
C'EST... EUH...
ET PUIS C'EST PAS PARCE QUE TU ME TOUCHES !
COMMENT DIRE... DEPUIS QUE T'ES CHEZ MOI, JE NE ME MASTURBE PLUS LE SOIR...
DU COUP ÇA FAIT LONGTEMPS, ET COMME JE SUIS EN PLEINE PUBERTÉ, BEN...
DÉSOLÉ, ÇA DOIT TE DÉGOÛTER !
FSHHH
ジャー
OUAIS !
C'EST POUR ÇA QUE TU ES DE MAUVAIS POIL ?
C'EST À CAUSE DE MOI, NON ?
BEN... OUAIS, MAIS...
MAINTENANT QUE J'AI VU ÇA, JE NE PEUX PAS TE LAISSER DANS L'EMBARRAS...
TU VEUX QUE JE T'AIDE ?
HEIN ?
QU'EST-CE QUE TU RACONTES ?!

JE VAIS TE FAIRE JOUIR !
C'EST BON, JE PEUX LE FAIRE TOUT SEUL...
HEIN ?
T'EN FAIS PAS, J'AI L'HABITUDE...
COMMENT ÇA ?
QUE...
PLISH
.....
COMMENT ÇA, TU AS L'HABITUDE ?
QUAND JE VOIS QUELQUE CHOSE DE BIEN DRESSÉ EN FACE DE MOI, IL FAUT QUE JE L'AGRIPPE...

C'EST QUOI CE CHARABIA ?
ÇA... NE TE DÉGOÛTE PAS ?
HEIN ?
NE T'EN FAIS PAS... PARMI LES MECS QUE J'AI DÉJÀ FAIT JOUIR, C'EST TOI LE MOINS PIRE, ET DE LOIN !
Le moins pire ? Je ne pige rien à rien...
HAN...
PLUSH
PLUSH
ヌチ ヌチ ヌチ
ÇA CRAINT, JE VAIS JOUIR...
HAN

JE NE TE PAYE PAS DE LOYER, C'EST LE MOINS QUE JE PUISSE FAIRE...
.....

SI ÇA TE DÉRANGE D'AVOIR UN MEC EN FACE DE TOI, TU N'AS QU'À FERMER LES YEUX ET IMAGINER LA FILLE DE TES RÊVES !
JE NE DIRAI PLUS UN MOT !

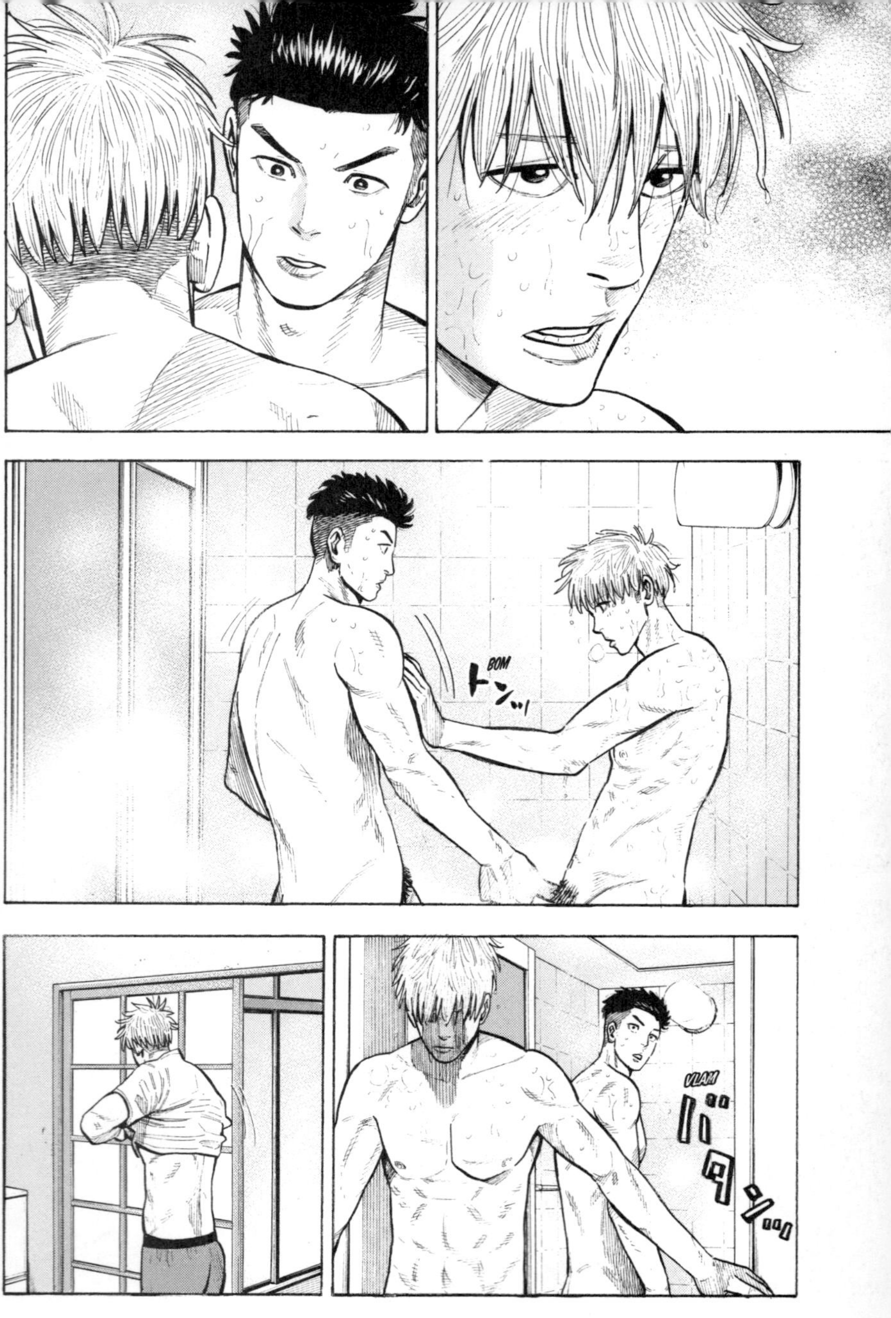
BOM
トンッ
VLAM
バタン…

HÉ...
バタン
CLAC
カンカンカン
TAC
TAC
TAC
うおおおお
WOOOOOSH
ビューッ
WOOSH
TIENS ? AISUKE ?

IL FINIRA BIEN PAR REVENIR, MAIS ÇA M'INQUIÈTE UN PEU...
AKAMA...
......
AH !
AH, TU CHERCHES AKAMATSU ?
MON FRÈRE EST PARTI PAR LÀ EN COURANT !

TU DOIS ÊTRE KANZAKI !
JE SUIS SHÛSUKE, LE FRÈRE CADET D'AISUKE !
HEIN ? AH... OUI, JE SUIS BIEN KANZAKI...
EUH...
OH, JE TOMBE AU MAUVAIS MOMENT ?
NON, JE SUIS JUSTE SURPRIS D'APPRENDRE QU'IL A UN FRÈRE, JE NE SAVAIS PAS...
AH BON ! LUI, ALORS...
TIENS ! C'EST DU RIZ, DE LA PART DE MA MÈRE !
AH, MERCI BEAUCOUP !
MOI, J'AI ÉTÉ SURPRIS QUAND MAMAN M'A DIT QU'AISUKE S'ÉTAIT TROUVÉ UN PETIT AMI ! ET PUIS ELLE M'A DEMANDÉ DE VOUS APPORTER DU RIZ, ALORS ME VOILÀ...
HAHA !

ÇA FAIT BIZARRE DE SE DIRE QU'IL Y A QUELQU'UN QUI PEUT AIMER AISUKE ! JE SAIS QU'IL EST UN PEU BIZARRE, MAIS PRENDS BIEN SOIN DE LUI !
EH BIEN, EN FAIT…
HEIN ?
NON, EUH…
HEIN ?
… ON NE SORT PAS ENSEMBLE, TON FRÈRE ET MOI…
HAN !
HAN !
HAN !
HAN !

AISUKE NE T'A RIEN DIT ?
C'EST PAS ÇA...
C'EST PAS ÇA, LE PROBLÈME !
CE N'EST PAS ÇA DU TOUT...
VRAIMENT...

PAPA A DÉCOUVERT QU'IL AIMAIT LES HOMMES ET ILS SE SONT DISPUTÉS. C'EST POUR ÇA QU'IL EST PARTI DE LA MAISON !
TOUT CE QUE JE VOULAIS, MOI, C'ÉTAIT UN ADVERSAIRE CONTRE QUI ME BATTRE... !

AKAMATSU (et) SEVEN
les colocs d'enfer
5

WHAM
JE CRÈVE DE SOIF, MAINTENANT !
MAIS J'AI OUBLIÉ MON PORTE-FEUILLE...
LA BIBLIOTHÈQUE EST FERMÉE ET LE SUPERMARCHÉ QUI DISTRIBUE DE L'EAU GRATUITEMENT EST À 15 MINUTES D'ICI...
JE VOIS SOUVENT CET EMPLOYÉ, JE POURRAIS PEUT-ÊTRE LUI DIRE QUE J'APPORTERAI L'ARGENT PLUS TARD ? MAIS ÇA M'ÉTONNERAIT QU'IL ACCEPTE...

PFFF...
J'AI PAS ENVIE DE RENTRER... SI J'ALLAIS FAIRE UN TOUR AU PARC ? L'EAU N'EST PAS POTABLE, MAIS BON...
FRSH
ス
TU EN VEUX UN ?
JE VIENS JUSTE DE L'ACHETER, CE N'EST PAS EMPOISONNÉ...
J'EN ACHÈTE TOUJOURS DEUX ! MAIS APRÈS AVOIR FINI LE PREMIER, IL FAUT QUE J'ARRÊTE SINON J'AI MAL AU VENTRE...
EN GÉNÉRAL, J'AI QUELQU'UN AVEC MOI DONC JE LE LUI DONNE, MAIS AUJOURD'HUI JE SUIS TOUT SEUL !
AAH...

ENFIN, SI TU N'AIMES PAS, TU N'ES PAS OBLIGÉ D'ACCEPTER !
JE LE PRENDS, MERCI BEAUCOUP !
EN FAIT, JE MEURS DE SOIF ! J'AI VOULU PASSER M'ACHETER UN TRUC À LA SUPÉRETTE MAIS J'AI OUBLIÉ MON PORTE-FEUILLE...
EH OUAIS...
AH BON ! MOI QUI CROYAIS QUE XXX ÉTAIT LE SEUL À QUI ÇA ARRIVAIT...
BAH ! SI TU N'AS PAS D'ARGENT, TU N'AS QU'À VOLER !
PAS QUESTION !
OUI, TU AS RAISON... HAHAHA !
C'EST SUCRÉ...
TU HABITES DANS LE QUARTIER ?
OUAIP !
JE VIENS RÉGULIÈREMENT DANS LE COIN POUR LE BOULOT, CES TEMPS-CI... C'EST SYMPA !
ET PUIS IL Y A BEAUCOUP DE BUS !

AU FAIT ! TANT QUE JE SUIS LÀ, AUTANT PARLER UN PEU AFFAIRES ! JE BOSSE POUR UNE ANIMALERIE...
ON VEND MÊME DES RAPACES ET DES REPTILES !
VOILÀ LA CARTE DE MON PATRON ! SI TU CONNAIS QUELQU'UN QUI SERAIT INTÉRESSÉ, N'HÉSITE PAS À NOUS CONTACTER !
NOUS NE VENDONS QU'À DES CLIENTS PRÊTS À DONNER DU BONHEUR ET DE L'AMOUR AUX ANIMAUX !
ON A AUSSI DES SINGES, ET C'EST MOINS CHER QUE DANS LA PLUPART DES AUTRES BOUTIQUES !
SUR CE, JE VAIS Y ALLER. JE SUIS CONTENT DE T'AVOIR CROISÉ !
CIAO !
ENCORE MERCI !
IL ÉTAIT BIZARRE, CE MEC...
ET J'AI TOUJOURS SOIF !

HAAA...
Je peux te dire un secret, Ai ?
Vas-y...
BIP
BIP
BIP
Pour moi, c'était nor-mal...
Quand j'étais en deuxième année de primaire, j'avais un copain avec qui je m'entendais hyper-bien et que j'aimais beaucoup.

Reina m'a fait une déclaration d'amour, aujourd'hui. Mais moi, c'est de Satô que je suis amoureux !
Ah bon !
Et toi, Ai, il y a quelqu'un que tu aimes ?
Toi !
Hein ?
Quand je lui ai dit ça, sa réponse ne s'est pas faite attendre...
Arrête, dis pas ça, c'est dégueu !
BIP
BIP
Normalement, c'est d'une fille que tu devrais être amoureux !
J'ai tout de suite remarqué le malaise qui planait dans l'air...
À partir de ce jour, tous mes amis ont changé de comportement...
Eh oui ! Ce qui me paraissait normal, à moi, ne l'était visiblement pas pour ce groupe de moutons conformistes !
KIDS

Aisuke !
On rentre ?
Les vieilles personnes disent souvent que les choses ont beaucoup changé... Mais dans ce pays, les mentalités n'ont pas évolué !
Dans ce cas, tout ce que j'avais à faire, c'était me plier à la « normalité » des autres.

FIIIXE
Je ne suis sûrement pas assez attirante...
Tes horrible, Aisuke !
Je ne détestais pas les filles, c'était juste pas mon truc !
J'ai continué à faire semblant, en cachant la vérité à mes amis...
... et à vivre « normalement », en espérant ne plus avoir aucun problème.

C'est dégueu !
À qui ça peut bien poser problème, dans le fond ?

AH, T'ES LÀ...
PFFF...
JE SUIS SOULAGÉ...
FALLAIT PAS T'EN FAIRE...
J'ALLAIS VITE RENTRER !
JE SUIS DÉSOLÉ D'AVOIR FAIT ÇA...
JE TE DEMANDE PARDON !

C'EST PAS MON GENRE DE JUGER LES AUTRES, MAIS... T'ES BIZARRE AUSSI, TOI !
OUI...
JE SAIS !
JE NE LE FERAI PLUS !
JE VAIS ATTENDRE ENCORE UN PEU AVANT DE RENTRER...
TIENS, PRENDS LES CLÉS, ALORS !

JE VAIS JUSTE LE PRÉVENIR QUE JE T'AI RETROUVÉ...
?
OUI, C'EST KANZAKI ! J'AI TROUVÉ AKAMATSU...
OUI...
TU POURRAIS REVENIR À L'APPARTEMENT, SHÛSUKE ?
HÉ !
MERCI, C'EST GENTIL !
HÉ HO ! À QUI TU TÉLÉPHONAIS ?!
À TON FRÈRE...
COMMENT TU LE CONNAIS ?
JE L'AI PRIS POUR TOI TOUT À L'HEURE, QUAND IL EST VENU NOUS APPORTER DU RIZ...
HEIN ? ET DE QUOI VOUS AVEZ PARLÉ ?
BEN...
TAP
TAP
TAP
TAP

AH !
GRAB
SHÛ-SUKEEE ! ESPÈCE DE TEU-BÉÉÉÉÉ !
NE CRIE PAS COMME ÇA, ON DIRAIT UN MOUTON…
ARRÊTE, AKAMATSU ! IL AVAIT L'AIR EMBÊTÉ QUAND JE LUI AI DIT QUE JE N'ÉTAIS PAS TON PETIT AMI, ET C'EST MOI QUI LUI AI DEMANDÉ DES EXPLICATIONS !
GRR
GRR
ESPÈCE DE DÉGÉNÉRÉ ! C'EST PAS DES CHOSES QU'ON RACONTE AU PREMIER VENU QUAND LE PRINCIPAL CONCERNÉ N'EST MÊME PAS LÀ ! JE VAIS BALANCER TES DOSSIERS, ON VERRA LA TÊTE QUE TU FERAS !
RAAAAH !
ET TOI, T'AVAIS PAS À POSER DES QUESTIONS SUR MOI !
EN TEMPS NORMAL, JE N'AURAIS PAS POSÉ DE QUESTION SUR UN SUJET DONT TU NE VOULAIS PAS ME PARLER DIRECTEMENT !
GNNNH
T'es trop fort, Kanzaki…
MAIS VU LA SITUATION, J'AI PENSÉ QU'IL VALAIT MIEUX QUE JE SOIS AU COURANT !
N'EN VEUX PAS À SHÛ !

BON, JE RENTRE, MOI !
ATTENDS, RESTE ! IL FAUT QUE TU RESTES !!
VOUS VOUS RESSEMBLEZ BEAUCOUP...
NORMAL, ON EST JUMEAUX !
MAIS...
IL A L'AIR PLUS INTELLIGENT QUE MOI, JE SAIS !
COMMENT IL A DEVINÉ CE QUE JE PENSAIS ?

EN TOUT CAS, TU AURAIS DÛ M'EN PARLER DÈS LE DÉBUT !
JE N'AURAIS PAS AUTANT MANQUÉ DE DÉLICATESSE SI J'AVAIS ÉTÉ AU COURANT...
T'ES PAS PLUS DÉLICAT DEPUIS QUE TU SAIS !
PARCE QUE TU CROIS QUE C'EST FACILE À DIRE ?!
ET PUIS TU TE SERAIS FAIT DES IDÉES SI JE T'AVAIS INVITÉ CHEZ MOI APRÈS T'EN AVOIR PARLÉ !
PEUT-ÊTRE... MAIS VENANT DE TOI, JE N'Y AURAIS SANS DOUTE PAS TROP PRÊTÉ ATTENTION...
ET PUIS C'EST PAS LA QUESTION ! TU M'AS SCOTCHÉ, TOUT À L'HEURE !
D'ACCORD, J'AI EU UNE ÉRECTION, C'EST MA FAUTE...
... MAIS N'IMPORTE QUI AURAIT ÉTÉ CHOQUÉ PAR TA RÉACTION !
ÇA FAISAIT LONGTEMPS QUE JE N'AVAIS PAS VU UNE QUEUE EN ÉRECTION JUSTE DEVANT MOI, JE SUIS PASSÉ EN MODE « BOULOT ».
ET DE QUEL « BOULOT » TU PARLES, LÀ, EXACTEMENT ?
VOUS ÊTES SÛRS DE VOULOIR QUE J'ENTENDE ÇA ?
Sérieusement ?

JE ME SUIS UN PEU ÉGARÉ, PENDANT MA JEUNESSE...
T'ES UN PEU TROP DIRECT, QUAND MÊME !
......
ON DIRAIT UNE DISPUTE D'AMOUREUX...
ENFIN BREF ! QUOI QU'IL EN SOIT, JE NE TE TRIPOTERAI PLUS SANS TON ACCORD !
JE SUIS SINCÈREMENT DÉSOLÉ !
IL EST TROP MIGNON, CE PORTE-CLÉS !
ET CE QUI EST SÛR...
... C'EST QUE TU DEVRAIS EN DISCUTER AVEC TES PARENTS !
DE QUOI ?
DE TOI ! TU DEVRAIS RENTRER CHEZ TOI, TEMPORAIREMENT...
IL PARAÎT QUE TU ES PARTI DU JOUR AU LENDEMAIN !
CE NE SONT PAS TES OIGNONS !
BIEN SÛR QUE SI...
... PUISQUE J'HABITE AVEC TOI !

TU NE PEUX PAS LAISSER TRAÎNER CETTE SITUATION... TU ES EN DERNIÈRE ANNÉE DE LYCÉE, NON ?
SI TU AS SOIF, SHÛ, IL Y A DU THÉ DANS LE FRIGO, SERS-TOI !
JE NE TE DEMANDE PAS DE TE RÉCONCILIER AVEC TA FAMILLE...
... MAIS IL VAUT MIEUX EXPRIMER CLAIREMENT TA FAÇON DE PENSER PLUTÔT QUE DE RESTER LES BRAS CROISÉS, NON ?
ALLÔ, MAMAN ?
QUOI QUE TU EN DISES, TA FAMILLE S'INQUIÈTE POUR TOI !
ON VOIT BIEN QUE TU NE CONNAIS PAS MES PARENTS...
TU NE DIRAIS PAS ÇA, SINON !
TU AS RAISON...
JE NE LES CONNAIS PAS. JE VIENDRAI LEUR RENDRE VISITE AVEC TOI !
QUOI ?
Kanzaki dit qu'il passera à la maison...

JE SERAI TA BOUÉE DE SAUVETAGE, POUR NE PAS QUE TU COULES !
ALORS, C'EST DÉCIDÉ ?
À PLUS !
ENVOIE-MOI UN MESSAGE QUAND TU AURAS DÉCIDÉ QUEL JOUR VENIR !
C'EST PAS ENCORE SÛR !
LUI, EN TOUT CAS, JE PENSE QU'IL VIENDRA...

KANZAKI ET TOI, VOUS ÊTES TOUS LES DEUX TRÈS FORTS...
.....
ET LA PROCHAINE FOIS, ÉVITE DE LUI RACONTER DES TRUCS QUAND CE N'EST PAS NÉCESSAIRE, HEIN !
OUI, PARDON !
MAIS TU AURAIS DÛ VOIR SES RÉACTIONS QUAND JE LUI AI PARLÉ DE TOI !
Sérieuse-ment ?!
OH LÀ LÀ...
Ouah, ça craint !
Qu'est-ce que j'ai fait...
AAAAARGH !
IL AVAIT VRAIMENT L'AIR DE REGRETTER CE QU'IL AVAIT FAIT !
ET TOUT ÇA AVEC LE RIZ...
J'AURAIS VRAIMENT VOULU QUE TU VOIES ÇA !

IL NE TREMPE PAS DANS DES AFFAIRES LOUCHES, HEIN ?
IL A L'AIR D'ÊTRE QUEL-QU'UN DE BIEN !
TANT MIEUX, ALORS...
HEIN ?
NON... ENFIN, JE NE PENSE PAS !

IL S'EST PASSÉ TELLEMENT DE CHOSES EN UNE JOURNÉE...
J'AVAIS PRESQUE OUBLIÉ MES DOULEURS AUX MAINS !
!!
ガバッ
VROUSH
TU DORS ?
NON, POURQUOI ?

PRÉVIENS-MOI QUAND TU AURAS ENVIE D'ALLER CHEZ TES PARENTS...
TU COMPTES VRAIMENT VENIR ?
BIEN SÛR...
TOUTES LES FAMILLES ONT LEURS PROBLÈMES, TU NE DEVRAIS PAS AUTANT T'EN PRÉOCCUPER...
J'AI RENCONTRÉ TON FRÈRE ET TA MÈRE, ET JE ME DIS QUE CE SERAIT VRAIMENT DU GÂCHIS...
COMMENT ÇA ?
ILS VIENNENT ICI EXPRÈS POUR TE VOIR, ILS S'INQUIÈTENT BEAUCOUP POUR TOI ET TE CHÉRISSENT !
TU N'ES PAS SEUL...
CE SERAIT DOMMAGE D'ENFIN TE DÉCIDER À LEUR PARLER ET DE RÉALISER...
... QU'IL EST TROP TARD !
LOIN DE MOI L'INTENTION DE ME PLAINDRE MAIS, TU SAIS, MES PARENTS SONT MORTS BRUSQUEMENT...
C'EST ARRIVÉ SI SOUDAINEMENT QUE JE N'AI PAS SU QUOI DIRE !
ET DE TOUTE FAÇON, JE N'AURAIS PAS PU PUISQU'ILS N'ÉTAIENT PLUS LÀ !

SI JE N'AVAIS PAS AUTANT INSISTÉ POUR AVOIR DES ROLLERS, ILS SERAIENT PEUT-ÊTRE TOUJOURS EN VIE…
ÇA N'A RIEN À VOIR, ÉVIDEMMENT…
… MAIS AUJOURD'HUI ENCORE, IL M'ARRIVE DE LE PENSER.
SIMPLEMENT PARCE QU'ON NE S'EST PAS ASSEZ PARLÉ…
TU PLEURES ?
N'IMPORTE QUOI !
TOUT ÇA POUR DIRE QU'IL FAUT PARLER AVEC CEUX QU'ON AIME ! PEU IMPORTE QUE CE SOIT POUR SE PARDONNER OU POUR SE DISPUTER…
C'EST DANS TON INTÉRÊT !

JE T'AI RÉVÉLÉ MON SECRET...
MAINTENANT, ON EST QUITTES !
TU N'AS PAS D'AUTRE SECRET ?
Si je peux être hon-nête...
... ta vie n'a pas l'air plus ordonnée que la mienne !

Mais les gens doivent continuer d'avancer, même s'ils ont loupé leur train. Sinon, la vie n'a aucun sens !
もれなく
お立ちください
車内事故防止に
お客さまのご協力をお願い致します
STAP
C'EST UNE BELLE MAISON !

C'EST DOMMAGE DE QUITTER UN SI BEL ENVIRONNE-MENT...
SURTOUT QUE TU AS ENCORE PLEIN D'AUTRES POSSIBILITÉS...
TOI AUSSI TU AS ENCORE DU POTENTIEL...
C'EST VRAI...
C'EST BIEN POUR ÇA QUE JE SUIS LÀ !
TCHAC

ON DIRAIT UN COLLECTEUR DE DETTES !
DÉSOLÉ DU DÉRANGEM...
BAM
AH !
ON EEEEN-TRE !!
MIAOU
MIAOU
BONJOUR, AISUKE !
BOULETTE 2 ?! QU'EST-CE QUI T'EST ARRIVÉ ?!
MIAOUUU !!
ON EST ALLÉS CHEZ LE VÉTÉRINAIRE, HIER, AVEC BOULETTE 2, JUS-TEMENT POUR LUI FAIRE COUPER SES PETITES BOULETTES ! ♥
C'EST QUOI CE JEU DE MOTS ?
MIAOUUU
BOULETTE ! TES PAUVRES BOULETTES ! TU M'AS TROP MANQUÉ !
IL RES-SEMBLE PLUS À UN TUYAU QU'À UNE BOU-LETTE...

TON PÈRE EST PAR LÀ...
MIAOUUU
ENTRE, KANZAKI, FAIS COMME CHEZ TOI !
MERCI...
QUE SE PASSE-T-IL ?
AISUKE EST RENTRÉ À LA MAISON !
ET ALORS ?
FLAP

J'AI DES CHOSES...
... À TE DIRE !
QUOI, TU COMPTES TE MARIER AVEC CE GARÇON QUI PORTE UNE CHEMISE À MOTIFS ÉTRANGES ?
NON, CE N'EST QU'UN AMI !
VSH
JE VAIS RAJOUTER DE L'ENGRAIS AUX PLANTES. VIENS M'AIDER, SHÛ !
J'ARRIVE...
ATTENDS, CHÉRI...
NJPW

JE ME DOUTE...
... QUE TU N'AS PAS ENVIE D'AVOIR QUELQU'UN COMME MOI DANS TON ENTOURAGE, PAPA...
MOI AUSSI, IL Y A ENCORE UN TAS DE CHOSES QUE JE NE COMPRENDS PAS BIEN !
MAIS...
... JE FERAI EN SORTE...
... DE VIVRE MA VIE DE FAÇON À CE QUE TU NE PUISSES RIEN ME RE-PROCHER !
PAPA, MAMAN, SHÛ...
BOULETTE 1, BOULETTE 2...
POUR M'AVOIR ÉLEVÉ TOUT CE TEMPS...
... JE NE VOUS REMERCIERAI JAMAIS ASSEZ !

ÇA PREN-DRA...
... SÛREMENT...
... ENCORE UN PEU DE TEMPS, MAIS...
JE COMPTE SUR TOI !

ALLEZ, AISUKE, VIENS PAR ICI !
TON PÈRE EST SORTI EN PRÉTEXTANT NE PLUS AVOIR DE PIERRE PONCE...
... MAIS EN CE MOMENT, JE SUIS SÛRE QU'IL EST EN TRAIN DE PLEURER DANS LE MAGASIN !
LES CHOSES VONT ENCORE PRENDRE DU TEMPS, MAIS VOUS AVEZ FRANCHI UNE GRANDE ÉTAPE !
OUI, J'AI ÉTÉ TROP SURPRIS !
C'ÉTAIT FLIPPANT !
JE PENSE QUE TU PEUX REVENIR À LA MAISON SANS PROBLÈME !
DÉSOLÉ, MAMAN, MAIS JE VAIS RESTER ENCORE UN PEU À L'APPARTEMENT...
JE LUI AI PROMIS DE L'HÉBERGER TROIS MOIS, ALORS J'Y RESTERAI AU MOINS PENDANT CE TEMPS-LÀ !
J'AI AUGMENTÉ MES HORAIRES AU BOULOT, JE DEVRAIS POUVOIR ME PAYER UNE AUBERGE...
NE TE SOUCIE PAS DE MOI !
JE ME SOUCIE DE TOI SI JE VEUX !

JE NE POURRAI PAS TE LES RENDRE TOUT DE SUITE, MAIS JE TE REMBOURSERAI QUAND MÊME CES TROIS MOIS DE LOYER !
ÇA PRENDRA DU TEMPS, MAIS JE TE RENDRAI TOUT JUSQU'AU DERNIER YEN !
ALORS S'IL TE PLAÎT, LAISSE-MOI RESTER LÀ-BAS TROIS MOIS DE PLUS !
WHAM
AU MOINS, MAINTENANT, CETTE HISTOIRE EST RÉGLÉE !
PUISQU'ON EST LÀ, AUTANT VOIR S'IL N'Y A RIEN QUI POURRAIT NOUS ÊTRE UTILE !

DES CHAUSSETTES, GÉNIAL ! LES MIENNES SONT TOUTES TROUÉES !
SI TU TROUVES DES TRUCS INTÉRESSANTS, SERS-TOI !
TU ES SÛR DE TOI ?
À PROPOS DE QUOI ?
DE L'APPARTEMENT...
AH, OUAIS !
TU SERAS PLUS LIBRE ET TU MANGERAS MIEUX QUE DANS UN DORTOIR !
Tu rentres là-dedans ?
ET PUIS TU POURRAS FAIRE DES ÉCONOMIES, COMME ÇA !
CE SERAIT DOMMAGE DE QUITTER UN SI BON ENVIRONNEMENT !
SMILE
ニカッ

C'EST SÛR !
T'ES VRAIMENT QUELQU'UN DE GENTIL, TOI...
T'ES PLUTÔT PAS MAL NON PLUS, DANS LE GENRE !
ET PUIS POUR MOI AUSSI, CET APPART EST UN BON ENVIRONNEMENT...
PARFAIT, DANS CE CAS !
TU N'AVAIS PAS BESOIN DE MON AIDE, EN FIN DE COMPTE !

SI ! ENFIN, JE NE SAIS PAS TROP ! MAIS ME DIRE QUE TU ÉTAIS DERRIÈRE MOI AU CAS OÙ M'A DONNÉ DU COURAGE...
COMMENT DIRE...
ÇA M'A PAS MAL AIDÉ !
TU VOIS DE QUOI JE PARLE ?

JE PEUX TE POSER UNE QUESTION ?
EST-CE QUE TU ME VOIS...
... COMME UN...
... INTÉRÊT POTENTIEL ?
BEN...
UN PEU...
JE VOIS...
TU SAIS...
JE ME MOQUE DU SEXE...
LES DEUX ME VONT...

PRENDS ÇA, AISUKE !
ON AURA DES VESTES ASSORTIES !
VLAM
AH...
JE TOMBE ENCORE AU MAUVAIS MOMENT ?
NON, NON ! ABSOLUMENT PAS !!!
C'EST QUAND MÊME BIZARRE COMME VESTE, POUR UN YANKEE...
NE SOUS-ESTIME PAS LES YANKEES !
十橋学院

C'EST EIGHT...
Comment va-t-il ?
JE L'AI CROISÉ TOTALEMENT PAR HASARD, IL A L'AIR DE BIEN SE PORTER !
OBRIGADO !
TIENS !
IL NE REVIENDRA PAS SI ON LE FORCE...
IL FAUT LUI DONNER ENVIE DE RENTRER !
Ne passe pas encore tout ton temps à t'amuser, il ne faut pas le laisser filer !
HAHA ! DÉSOLÉ, JE VAIS FAIRE DE MON MIEUX !
C'ÉTAIT LE BOULOT ?

OUI, MAIS C'EST BON !
ON VA OÙ, AUJOURD'HUI ?
POURQUOI PAS AU KARAOKÉ QUI A UN JACUZZI ?
WAOUH ! ÇA A L'AIR FUN ! JE PEUX APPELER MES AMIES ?
BIEN SÛR !
TU EN VEUX UN ?
JE PEUX ?
OUI !
J'AI MAL AU VENTRE QUAND JE MANGE LES DEUX !

Je suis SHOOWA, scénariste et en charge du storyboard pour cette série ! Quand j'ai proposé ce projet, je ne pensais pas que j'y prendrais part. Okujima-sensei m'a tenu des propos très chaleureux, et pouvoir travailler ensemble me ravit ! C'est la première fois qu'une autre personne s'occupe de dessiner mes storyboards, c'est toujours avec beaucoup d'enthousiasme que je rends mes manuscrits ! Je m'émerveille de voir quelles expressions sont données à mes personnages dans telle ou telle situation. Oui, c'est un bonheur sans fin, il y a tant de scènes que j'adore ! Sans oublier que les dessins sont superbes !
J'aimerais partager avec vous le plaisir de contempler ces merveilles dans un BL !
J'espère également que vous continuerez à nous soutenir.
Je remercie du fond du cœur Okujima-sensei de donner autant d'amour à ces deux personnages. C'est une bonne chose que le dessin lui ait été confié !

Ce projet n'aurait pas pu voir le jour sans Okujima-sensei et ses assistants, sans le responsable éditorial qui comprend bien mieux que moi les histoires d'amour, et sans vous tous, qui lisez (et achetez) ce manga !
Merci du fond du cœur !
Je compte sur vous pour la suite !

SHOOWA

L'histoire de la couverture...
FSHHH
WAAAAH !
TONTON, LA DOUCHE EST CASSÉE !
ÇA VA PRENDRE TOUTE LA JOURNÉE POUR LA RÉPARER, VOUS DEVRIEZ ALLER AUX BAINS PUBLICS. C'EST MOI QUI PAYE !
秋田湯
GO POUR LES BAINS PUBLICS !
RIEN DE TEL QUE L'AMBIANCE DE BONS BAINS PUBLICS, QUAND MÊME !
ÇA VA ALLER, TOI ? TU VEUX QU'ON METTE AU POINT UNE STRATÉGIE DE DÉFENSE AU CAS OÙ TU BANDERAIS ENCORE ?
NON MAIS POUR QUI TU ME PRENDS ? TU CROIS FRANCHEMENT QUE JE VAIS AVOIR LA TRIQUE COMME ÇA, ICI ?!
TU PENSES QUE JE BANDE DÈS QUE JE VOIS UN MEC TOUT NU ?! NON MAIS JE TE JURE ! JE VAIS GÉRER, TU VAS VOIR !!

EXCUSEZ-MOI...
PFFF...
HAAA...
JE SUIS PHOTOGRAPHE ET CETTE FOIS, MON THÈME, C'EST LES BAINS PUBLICS... SI ÇA NE VOUS DÉRANGE PAS, JE POURRAIS VOUS PRENDRE EN PHOTO ?
QUI ÇA, NOUS ?
OUI !
C'est leur toute première photo ensemble !
ON COMMENCE À AVOIR DES SOUVENIRS ENSEMBLE !

Présenté par Shoowa

Aisuke Akamatsu

Character design

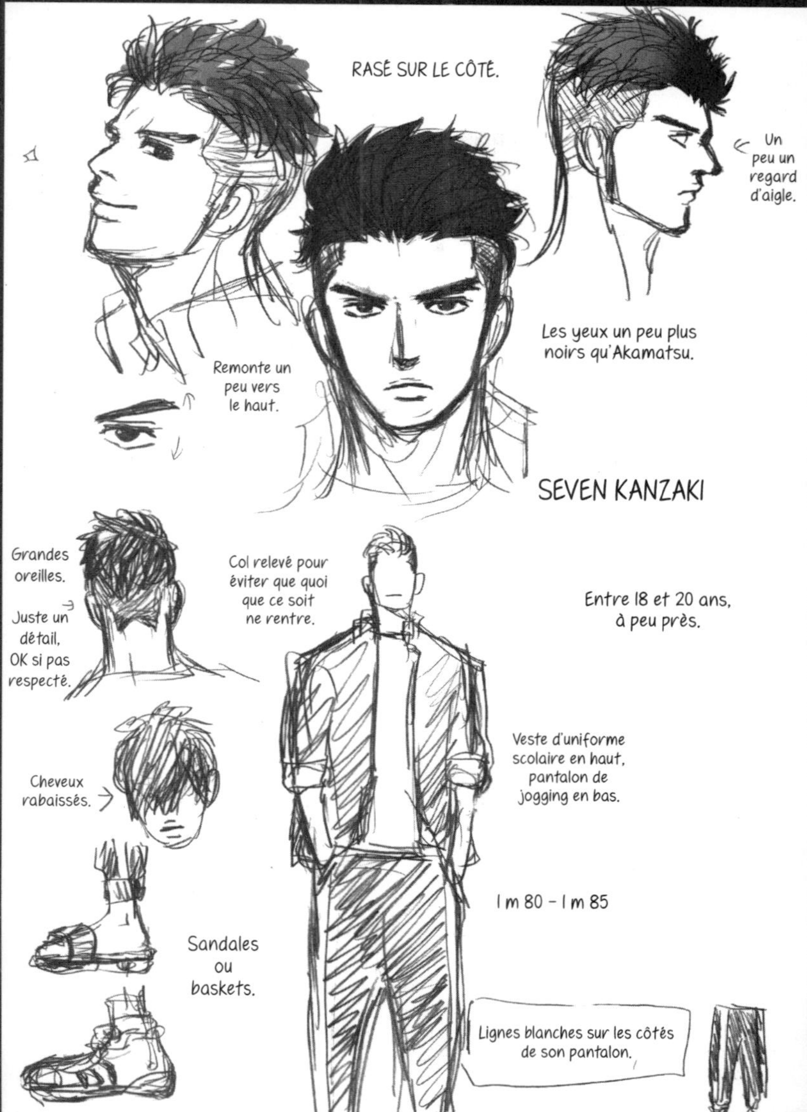

Seven Kanzaki

Akamatsu (et) Seven
Les colocs d'enfer !

Hana COLLECTION

www.boys-loves.fr

Responsable Editorial et production : Tony
Traduit du japonais par Aline Kukor
Maquette : Justine Mouron
Relecture : Aurélie Valognes

Dépot légal : Octobre 2020

ISBN 978-2-36877-755-8

Imprimé par GZ Digital Media as

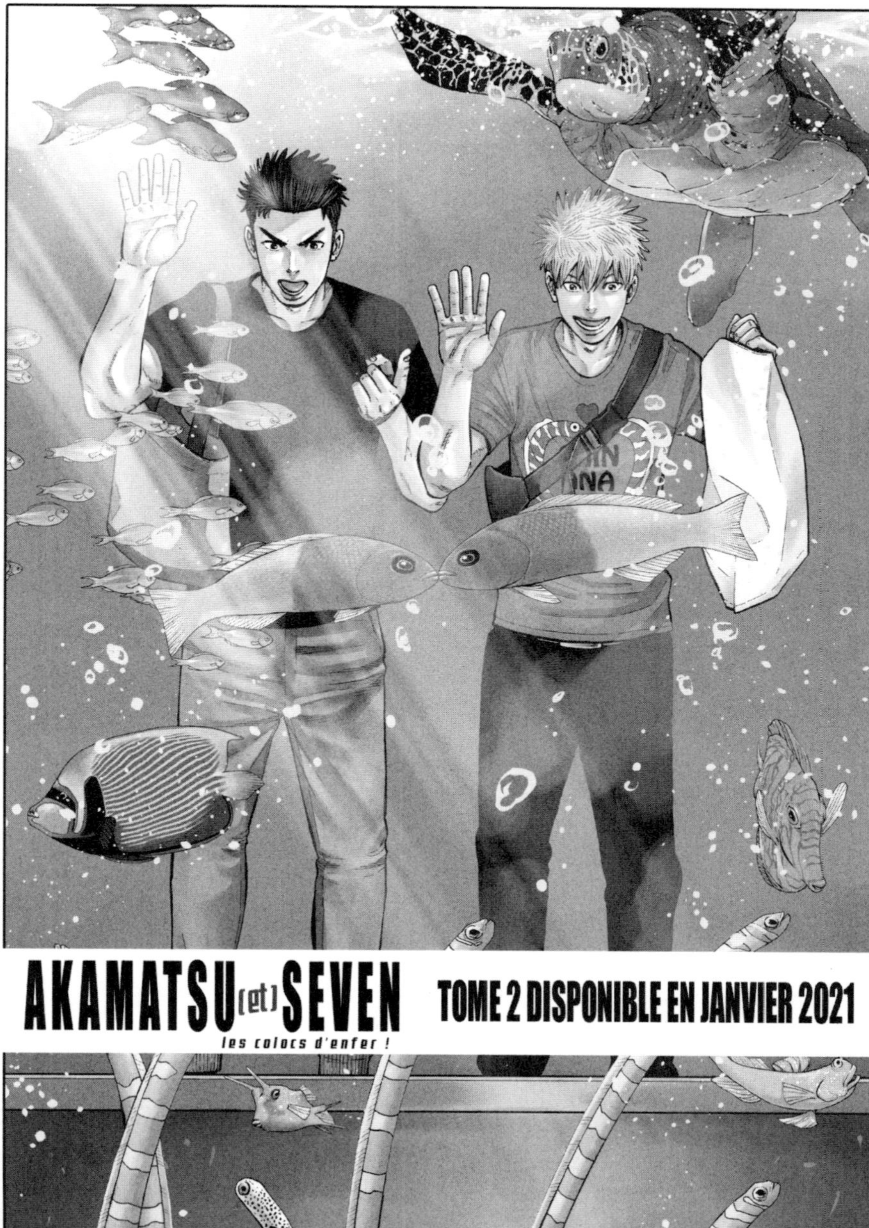
AKAMATSU (et) SEVEN
les colocs d'enfer !
TOME 2 DISPONIBLE EN JANVIER 2021

IBERICO PORK

BY SHOOWA

Même s'ils ont l'air de délinquants à première vue, Iberico Pork est un groupe de jeunes écolos qui s'occupent du ramassage des déchets. Gardien attitré de leur leader, Iberico, Yoshimune a un passé dont il ne veut pas parler aux autres. Genji, une année en dessous de Yoshimune, est amoureux de lui depuis un certain temps déjà sans pouvoir le lui dire. Bien qu'ils aient entamé une relation physique, un peu par hasard, impossible pour eux d'avancer plus loin... D'un côté, Genji, qui veut conquérir le coeur de son bien-aimé... et de l'autre, Yoshimune, qui refuse de lui imposer son fardeau. Et si leurs sentiments l'un pour l'autre finissaient par se croiser... ?

Roméo et Juliette revisité façon Yankee par Shoowa, auteur révolutionnaire dans le genre BL.

Un manga de ***SHOOWA***
Genre : Yaoi - Comédie - Tranche de vie

3 volumes disponibles

Retrouvez Yoshimune, Genji
et toute la bande d'Iberico Pork pour encore
plus de moments chauds et déjantés !